DU MÊME AUTEUR

CASIMIR
MÈNE
LA GRANDE VIE

AVERTISSEMENT

Le courrier du matin, je le crains comme la peste : c'est une formidable machine à empêcher de travailler.

L'autre jour, pourtant, sans nom d'expéditeur, sans le moindre mot d'accompagnement ou de présentation – les bonnes manières se perdent –, le courrier du matin m'a apporté une surprise : dans un papier d'emballage beige entouré d'une ficelle en train de se défaire, un cahier d'écolier à la couverture rouge et au léger quadrillage. Il était rempli d'une écriture appliquée et encore presque enfantine. Debout devant ma table où les livres s'empilent, j'ai lu deux lignes, puis cinq, puis un paragraphe, puis quelques pages. Je me suis assis. Et puis, d'un seul trait, jusqu'au bout, j'ai avalé le cahier.

Je ne sais rien de l'auteur. Il s'appelle Casimir. C'est un jeune homme insolent. Rapportées avec naïveté, et parfois avec maladresse, ses aventures, pour une fois, comme c'est curieux, il est si loin de moi, ne m'ont pas trop ennuyé. Je vous les livre sans commentaire : à vous de voir. Vous en ferez bien ce que vous voudrez. Au cabinet, s'il le faut. Ne me répondez pas.

J. O.

CASIMIR
MÈNE
LA GRANDE VIE

I hope, it is no crime
To laugh at all things. For I wish to know
What, after all, are all things but a show ?

Byron

CHAPITRE PREMIER

Pourquoi j'écris – Premier croquis de l'irascible vieillard – Le roi de Pologne, c'est moi – Révélations sur l'une des plus rasantes des tragédies classiques – Invention du croissant – Une famille encombrante – Mélancolie du soir.

Vous me demanderez peut-être, je vous entends d'ici, c'est une manie chez vous, pourquoi j'écris ce livre. Je vous donnerai, pour le même prix, deux réponses au lieu d'une. Première réponse : je vous emmerde. Voilà une bonne chose de faite. J'espère qu'elle vous monte à la gorge et qu'elle vous en bouche un coin. Deuxième et dernière réponse et, s'il vous plaît, n'y revenez pas : j'écris ce livre parce que mon grand-père m'a demandé de l'écrire. C'est la meilleure des raisons.

J'aime beaucoup mon grand-père. Mon grand-père est charmant. C'est un irascible vieillard. Je suis sûr qu'il vous plairait si vous le connaissiez. Vous auriez des chances de le rencontrer aux alentours du Jockey ou du Traveller's où il vient taper le carton avec des gamins de son âge ou dans les jardins du Palais-Royal où il va rêver avec fureur à des temps plus gracieux que ceux que nous traversons. Vous le reconnaîtrez sans trop de peine : il s'obstine à ressembler à la race depuis longtemps éteinte des colonels de cavalerie en retraite. Il est grand, massif, acariâtre et revêche, il a les cheveux blancs coupés en brosse, grosse moustache, gros sourcils, et il s'appelle Charles-Édouard. Oui, je sais : c'est ridicule.

Ce qu'il aime surtout, c'est de gueuler. Pour un oui, pour un non. À propos de ce qui ne se passe pas, ou plus, et surtout de ce qui se passe. Si vous le voyez, appelez-le : « Ho ! ho ! Charles-Édouard ! » Il se retournera, et il vous engueulera. Je crois, quand il était jeune, qu'il a fait des études. Quelles études ? J'ai oublié. Lui aussi, j'ai bien peur. Pas grave : elles étaient mauvaises. Il a compris très vite que savoir presque tout ne vous apporte presque rien. Il y a longtemps, du coup, qu'il se méfie des études et des étudiants, de la science, des professeurs et de tout le tintouin. Je crains fort, à vrai dire, qu'il ne se méfie de tout. Et surtout du monde moderne dont il n'attend rien de bon. Son truc à lui, c'est les valeurs. Aujourd'hui bafouées, vous n'êtes pas sans le savoir. Les valeurs ! les valeurs ! il en a plein la bouche. Mobilières et morales. Dieu, l'honneur militaire, le roi, le passé, les dragons, les hussards, les saints et les anges, et la propriété : voilà ce qu'il aime.

Autant l'avouer tout de suite : mon grand-père appartient à une famille très ancienne. À ce qu'on appelle une bonne famille. C'est parce que sa famille était si ancienne et si bonne que ses parents ont tenu à donner à l'irascible vieillard quand il était tout petit, au temps, je ne sais pas, du maréchal de Mac-Mahon ou de Gaston Doumergue, le nom de Charles-Édouard. Et, puisque je suis son petit-fils, j'appartiens moi aussi à la même vieille et bonne famille. Et peut-être, un jour où mon humeur s'y prêtera, vous coulerai-je mon prénom dans le creux de l'oreille. Oh ! et puis, tenez !, crachons le morceau tout de suite : je m'appelle Casimir. Oui. Casimir. Un tissu de laine légère, un gilet, un âne, un colonel, un dinosaure orange à pois sur le petit écran, et un roi de Pologne. Laissez tomber le dinosaure, le gilet, le tissu de laine, le colonel et l'âne qui ne sont là que pour meubler. Le roi de Pologne, c'est moi. Il avait été jésuite et cardinal avant de se battre contre les Cosaques et d'épouser sa belle-sœur : les grands de ce monde sont comme ça. C'était l'arrière-arrière-grand-père de l'arrière-grand-père de l'irascible vieillard.

Savez-vous, je vous prie, ce qu'est une bonne famille ? C'est une famille qui traverse les siècles, les régimes, les guerres, les révolutions et qui se transmet des souvenirs – des biens, naturellement, des terres, des châteaux, une forme de nez ou la goutte, mais surtout des souvenirs – de génération en génération. Nous avons beaucoup traversé et nous avons beaucoup transmis. Nous avons plus de souvenirs que si nous avions mille ans. Et, d'ailleurs, les mille ans, nous les avons. Pas moi. Ni mon grand-père. Pas tout seul. Mais à nous tous. L'irascible vieillard est très loin d'avoir mille ans. Quelque chose comme soixante-quinze. Une paille. Ou soixante-treize. Un clin d'œil. Ou peut-être quatre-vingt-deux. Ou peut-être seulement soixante-six. Réfléchissons. Je ne sais plus. Beaucoup, en tout cas. Mais pas mille. Il faut nous mettre à trente ou à quarante, le chiffre exact m'échappe, pour remonter en arrière jusqu'à l'an de grâce 987, on me l'a

15

tellement seriné que je m'en souviens par cœur, où le premier de la famille, qui s'appelle Adam, comme il se doit, et je l'ai toujours soupçonné d'être un peu inventé, accompagne, il est page ou peut-être, à notre courte honte, seulement valet ou cocher, le grand Gerbert d'Aurillac à l'assemblée de Senlis où la couronne de France, vous vous souvenez, n'est-ce pas ? est offerte à Hugues Capet. Alléluia. Archevêque de Reims, puis archevêque de Ravenne, Gerbert d'Aurillac monte au trône de saint Pierre sous le nom de Sylvestre II. Alléluia. Le vieil Adam a lié son destin à Gerbert d'Aurillac. Il le suit jusqu'à Rome. Son fils s'y retrouve écuyer, puis capitaine des gardes du pape. Son petit-fils se débrouille pour devenir marquis de Piombino et prince de Bénévent. Vous voyez comment ça grimpe ? Il épouse la fille, qui ne manque pas de biens, d'un logothète du drôme, les yeux vous tournent dans la tête comme des billes de loto, de l'Empire byzantin. Les dés maintenant roulent tout seuls. Ses descendants s'enrichissent encore et gonflent leurs personnages. Quelques siècles plus tard, les Barberini, les Colonna, les Orsini, les Borghese font figure de petits garçons à côté de la branche romaine, il y en a une allemande et il y en a une française qui descend jusqu'à moi, de notre vieille famille. Alléluia.

Des jours entiers et des nuits, mon grand-père me racontait la famille. On s'installait sous la lampe dans le petit appartement de la rue de Fleurus ou, les longs soirs d'été, sur un banc du Luxembourg. Les siècles défilaient. Et, emportés par eux pour les illuminer, les aventures, les exploits, les honneurs, les épreuves, les mariages surtout, qui jouent un si grand rôle dans l'ascension de la famille – avant d'en jouer un plus grand encore dans son déclin progressif et son effondrement. J'écoutais distraitement. Le passé m'ennuie. Il est mort. Qu'est-ce qu'on en fait ? Il était pour mon grand-père le seul motif de vivre. Il le consolait des rigueurs d'aujourd'hui.

– Junior, me disait-il – je m'appelle Casimir, mais, par dérision, je crois bien, en guise de protestation contre les temps modernes, il m'appelait souvent Junior –, Junior, écoute encore celle-ci.

Et ça recommençait : les batailles, les duels, un duché-pairie par-ci, une dotation par-là. Nous servions les princes, et ils nous récompensaient. Le système fonctionnait. L'histoire était remontée comme une horlogerie suisse. Nous étions fidèles, prudents, rusés et roublards. Coucou ! Roule, ma poule.

Quelque part dans le XVe siècle, ou peut-être le XVIe, trois membres de la famille se prennent de querelle, politique ? vanité ? affaire de femme ? grands principes ? avec trois Anglais. Ou trois protestants, j'ai un trou. Deux des nôtres sont tués. Les adversaires triomphent. Deux d'entre eux sont blessés. Mon trisaïeul fait semblant de fuir. Le seul ennemi valide se lance à sa poursuite. Mon trisaïeul le tue et retourne ensuite, de sa main vengeresse, achever les deux blessés. Puisque j'étais capable moi-même de ce tour de force littéraire, le lecteur le plus ignare aura reconnu l'intrigue d'*Horace*, la plus rasante des pièces de Corneille, dans l'exploit de mon aïeul.

Corneille n'était pas seul à témoigner de notre grandeur et de notre capacité de dissimulation. Chaque fois qu'il se passait quelque chose dans le coin le plus reculé de notre vieille Europe, nous étions là, dans l'ombre. Et, si possible, en pleine lumière. L'un de nous chevauche derrière le carrosse d'Henri IV à l'instant même où le roi de France et de Navarre est assassiné par Ravaillac. L'un ou l'autre des nôtres participe à la bataille de la Montagne Blanche, à la défense de Vienne contre les Turcs, quand s'invente le croissant, à la dernière rencontre en public, avant Mayerling, de l'archiduc Rodolphe et de Marie Vetsera. Un membre de la tribu, d'assez méchante humeur, est caché sous le lit où Louis XV était en train de triompher de la vertu, d'ailleurs toujours apeurée et la plupart du temps vacillante, de Mme de Vintimille qui passait jusqu'alors pour la maîtresse de mon grognon d'ancêtre. Le postillon de Louis XVI arrêté à Varennes porte, suivez mon regard, le nom de Casimir. Rien de plus gai que l'histoire, rien de mieux que la famille. Pendant près de mille ans, la famille avait joui, d'un bout à l'autre de notre vieux continent, de la réputation la plus enviable : elle était encombrante jusqu'à l'arrogance et le plus souvent, il faut bien le dire, franchement insupportable.

Je crois que la fin de ces temps héroïques, où nous tenions le bon bout avec tant d'éclat et d'aplomb, désespérait mon grand-père. Il faut bien reconnaître que nous tombions de haut. Des sept collines de Rome et de la Montagne Blanche aux bancs du Luxembourg et à notre deux-pièces-cuisine de la rue de Fleurus, la chute était vertigineuse. Il ne parlait de rien d'autre. Il souffrait mort et passion.

– Junior, me disait-il, rien ne va plus. C'est la fin des haricots.

La mélancolie du soir a bercé mon enfance.

CHAPITRE DEUXIÈME

*Bref parallèle entre mon grand-père et moi – L'horreur
de l'avenir – Une distraction impardonnable – French
cancan – Comme l'histoire ressemble à l'histoire ! –
Furtifs aperçus sur l'Éducation nationale – Quelques
conseils pour des lectures inutiles – Cary et Ingrid sont
dans l'escalier.*

Mon grand-père aimait le passé. Moi, j'étais comme
tout le monde : je préférais les filles, et les baiser. Je ne
pensais à rien d'autre. Je venais d'avoir seize ans. J'étais
en terminale. Je préparais le bac. L'école m'ennuyait à
périr. Et la vie encore plus. Je détestais le lycée, les lun-
dis, la roulette russe des examens et, plus tard, des
concours, la sombre noria des jours. Je détestais plus
encore le monde autour de moi et la vie devant moi. Le
monde me cassait les pieds, la vie me faisait peur. L'avenir avait l'allure d'un éternel lundi, d'un bac sans cesse
recommencé. De temps en temps, à la maison, un imbécile bénévole me demandait ce que je voulais faire
lorsque je serais grand. J'étais déjà assez grand : j'avais

un mètre quatre-vingt-neuf. Je le regardais avec fureur. Ce que je voulais faire ? Rien du tout, tête de lard. J'avais plutôt envie de mourir. Et, à défaut, de baiser. Baiser est la plus jolie des façons de mourir.

Mon avenir me faisait horreur. Il tourmentait mon grand-père. Mon grand-père avait charge d'âme. Et l'âme, c'était moi. Mes parents s'étaient tués ensemble, en voiture, la main dans la main, au temps où le chômage était encore supportable, sur l'autostrade du soleil, entre Florence et Rome. Un bel endroit pour mourir un beau matin d'été quand on s'aime encore à la folie avant la routine insidieuse et les corvées de la vie. J'étais derrière, dans la voiture, attaché à mon siège. Je ne me souviens de rien. C'est une chance. J'avais huit mois. Perdre son père ou sa mère est une tragédie pour un enfant. Perdre les deux à la fois est une distraction impardonnable. La formule n'est pas de moi, bien sûr, je n'ai pas tant d'esprit, mais je me la suis souvent répétée avec quelque chose au cœur qui ressemblait, Dieu sait pourquoi, à de la culpabilité. Ce n'était pas moi pourtant qui avais tué mes parents. Mais je m'en étais sorti. Voilà : je m'en étais sorti. C'était déjà beaucoup. Et peut-être un peu trop. Je leur en voulais obscurément d'être partis sans moi pour les vertes prairies. Je m'en voulais aussi d'avoir vécu sans eux. Il me semblait que j'étais là par erreur, en sursis, par une sorte de distraction ou de ruse du destin. J'étais au monde par oubli, et, très vite, très tôt, je n'en ai rien attendu.

L'irascible vieillard faisait de son mieux pour m'aider. Il croyait se rappeler que les jeunes gens ont à faire des études. J'ai déjà indiqué que les siennes avaient été assez vagues. Il faut peut-être dire ici que son père avait été ruiné à blanc par le krach de 29. Et que sa mère, femme très estimable par ailleurs et bien entendu très belle, que je n'ai jamais connue, était danseuse nue dans les beuglants de Montmartre et aux Folies-Bergère. Elle avait grandi dans le french cancan et dans le culte d'Offenbach. L'enfance de l'irascible vieillard avait été, comment dire ? bousculée. On l'avait collé en nourrice, en pension, dans des boîtes à bachot qui l'avaient rendu fou avant l'âge. À vingt ans, il s'était engagé sous un faux nom à la Légion étrangère, où il s'était fait des amis. À trente ans, il héritait de son père qui venait de mourir et il se mettait à voyager en dépensant sans compter le maigre reliquat de la fortune égarée. À quarante ans, il épousait une Mexicaine sans un sou dont la mère était chinoise. Tout le monde passe son temps à m'assurer que c'était une femme exceptionnelle. Probablement pour ressembler enfin à mes bisaïeules des temps évanouis, elle est morte en couches, laissant en cadeau d'adieu mon père à mon grand-père. Ma grand-mère était morte. Mon père était mort. Ma mère était morte. Restait de notre nom une poignée de poussière. Mon grand-père. Tout seul. Et moi. Il y avait autour de nous peu d'argent et peu de monde.

La crise de 29. Une danseuse nue. La Légion étrangère. Un peu de Mexique mêlé de Chine. Un accident d'auto sur une autoroute d'Italie. Et moi, la peur au ventre devant ce monde à venir où ma place, à vrai dire, ne semblait pas marquée. Remarquez-vous combien notre histoire ressemble de près à l'histoire ? Pour accentuer la ressemblance, je pourrais, n'en doutez pas, vous faire danser aux Tuileries avec le prince impérial à peine sorti de l'enfance, vous faire partir pour Gand dans les bagages de Louis XVIII, vous entraîner à Münster et à Osnabrück où le traité de Westphalie est en train d'être signé, vous faire tirer sur les protestants du haut des fenêtres du Louvre le soir, tout plein de sang, de la Saint-Barthélemy. Il me reste encore quelques bribes des leçons de grand-père. Je serais même capable, Dieu m'en garde, de vous filer le récit de sa campagne d'Italie et de ses années d'occupation et de chasses au chamois dans les montagnes du Tyrol. Je ne vous veux pas tant de mal et le roman historique vous sera épargné.

Revenu du Mexique, du Tyrol et de tout, livré à lui-même, ce qui était peu, et à moi, ce qui était trop, l'irascible vieillard avait bien essayé, comme il disait, de meubler mon esprit pour faire de moi, je ne sais pas, un polytechnicien, un énarque, un inspecteur des finances, un conseiller d'État, un préfet de cette République qu'il ne portait pas dans son cœur. C'était peine perdue. Il y croyait moins encore que je n'y croyais moi-même. Sauf peut-être en français, où elles étaient médiocres, mes notes étaient exécrables. Il m'en félicitait plutôt. Au moins étais-je trop ignare pour devenir un connard. C'étaient des scènes inénarrables.

– Ah ! Junior, encore un 2 en physique ! Ah ! tiens ! et un 4 en sciences naturelles ! À quoi ça peut bien servir, tous ces trucs inutiles qu'on essaie de vous fourrer dans la tête ! 5 en latin : c'est bien. C'est même beaucoup. Car il faut bien reconnaître qu'on parle très peu latin autour de toi.

L'anglais, l'allemand, l'espagnol, l'italien, je m'en tirais : ma mère était moitié irlandaise et moitié andalouse, ce qui me faisait une belle jambe puisque je l'avais à peine connue, mais, en souvenir sans doute de sa chère

Guadalupe, son saint nom soit béni, mon grand-père parlait toutes les langues, y compris un peu de chinois. Je ne parlais pas le chinois. Je bredouillais le reste. Nous nous entretenions souvent de boxe, de voitures, de tennis en anglais, de chevaux ou de taureaux en espagnol, de musique en italien ou en allemand. L'histoire, bien sûr, il me l'apprenait. Mais un peu trop à sa façon. Ce qui lui valait des correspondances furibondes avec mes professeurs et à moi des annotations rageuses à l'encre rouge en travers de mes copies : « Vous vous êtes encore fait aider par votre grand-père : 2/20. »

Est-ce que je lisais ? Je lisais. Mais peut-être pas exactement ce qu'il eût fallu que je lusse. J'aimais *Arsène Lupin*, *Les Trois Mousquetaires,* les *Contes drolatiques* de Balzac, les nouvelles de Somerset Maugham, si méprisées aujourd'hui, les poésies d'Henri Heine, les récits de voyage d'Eric Newby, de Leigh Fermor, d'Evelyn Waugh, le *Journal* de Jules Renard qui dédaignait les voyages et se contentait de voyager dans des photographies regardées à la loupe, et *Mon amie Nane* de Toulet. Rien de bien fameux pour le bac. Je détestais les descriptions, les théories, les états d'âme, les conflits de devoirs, l'hystérie sous toutes ses formes qui triomphe dans tant de livres, tout ce qui se croit et qui gonfle, les longs discours pompeux, la morale en général et, par-dessus tout, les romans psychologiques. La psychologie m'assommait, la logique m'assommait, la morale m'assommait.

– Bravo ! me disait grand-père. Bravo ! bravissimo ! Rien de plus inutile que la philosophie.

– L'histoire m'ennuie, lui soufflais-je.

– Ah ! me disait-il, elle était si belle dans le passé...

Nous exprimions nos doutes à l'égard d'un avenir qui prenait à ses yeux le visage peu amène de la démocratie populaire et aux miens celui du bac et d'un trou noir après le bac. Et nous allions au cinéma voir Cary Grant et Ingrid Bergman, collés enfin l'un à l'autre comme deux rares timbres-poste, descendre leur escalier dans une villa de Rio peuplée de nazis et de bonnes bouteilles ou Lauren Bacall en train d'enseigner à Humphrey Bogart comment s'y prendre pour la siffler.

CHAPITRE TROISIÈME

La vertu d'indignation – Les printemps disparus et les hivers sans neige – Point de lendemain – Ils – Quelque chose de pourri dans l'idée de progrès – Encore de bonnes lectures – Grandeur et solitude de l'irascible vieillard.

Mon grand-père vivait dans un sentiment qui avait fini par l'absorber tout entier : c'était la fureur contre son temps. Il cultivait mieux que personne une vertu exclusive qui lui tenait lieu de toutes les autres : la vertu d'indignation. Tout l'indignait. La politique, répugnante. Le travail, en miettes. L'Université, en charpie. L'Église, qui avait pris le relais du marxisme. Les transports en commun, qui étaient sales et peu sûrs. Les femmes dans la rue, qui étalaient aux yeux de chacun leurs appas impudiques. La littérature, qui était tombée si bas que lire était devenu une corvée et une occupation dégradante. La France, qui lui faisait mal. Jusqu'au climat qui n'avait cessé de se détériorer depuis les printemps radieux de son enfance, à jamais disparus, et les étangs gelés où patinaient, l'hiver, ses parents enchantés.

Il me disait souvent combien il souffrait de son époque. Il aurait voulu vivre au XVIIIe, au XVIIe, sous Louis XIV, sous Henri IV ou Louis XIII – et je le voyais en mousquetaire aux côtés des trois autres, sous les ordres de d'Artagnan –, à l'époque de la Renaissance, ou à celle des Croisades. Sous les Huns, s'il le fallait. Ou sous les Mongols de Gengis Khan. N'importe quand. Sauf aujourd'hui.

Aujourd'hui était un désastre. Une espèce de cauchemar qui n'en finissait pas. Et ce qu'il y avait de pire aujourd'hui, c'était l'absence d'espoir en demain. « Ils nous ont promis la lune, grondait-il, et le ciel nous est tombé sur la tête. » Personne ne savait très bien ce qui se cachait derrière ces trois lettres dont il se servait souvent comme d'un code de détresse, comme d'une formule de malédiction : *Ils*. Le gouvernement, sans doute, qu'il détestait, quel qu'il fût, et les intellectuels, qu'il vomissait de sa bouche.

De temps en temps, rarement, un anathème ou un aphorisme trouvait grâce à ses yeux. Il avait un culte pour Cioran et il répétait souvent l'un ou l'autre de ses mots qu'il avait piqués dans ces feuilles quotidiennes ou hebdomadaires qu'il maniait avec des pincettes mais qu'il lui arrivait de parcourir par lassitude ou par distraction : « Il y a quelque chose de pourri dans l'idée de progrès », ou « Si j'étais tout-puissant, j'éliminerais les hommes », ou « Chacun s'agrippe comme il peut à sa mauvaise étoile. »

Bizarrement, il avait lu. Pas beaucoup. Mais un peu. Il se souvenait d'une phrase de Malraux, pêchée je ne sais trop où et qu'il ressortait invariablement dès que la poli-

tique passait le bout de son nez dans la conversation :
« Car il n'était pas entendu que les lendemains qui
chantent seraient ce chant des bagnards. » Il connaissait
Gide et les surréalistes. Il me racontait, le soir, sous les
arbres du Luxembourg qui prenaient tout à coup des
allures inquiétantes, les aventures de Lafcadio, dans *Les
Caves du Vatican*, et la séduction de l'acte gratuit qui
consistait à jeter par la portière d'un train des voyageurs
hébétés, surpris dans leur sommeil et désignés par le sort.
Il se souvenait encore, dans les rires, de la définition de
l'acte surréaliste le plus simple : descendre dans la rue
avec une mitraillette et tirer au hasard sur les passants.

– Tu vois, Junior, me disait-il, ces imbéciles d'auteurs,
ils écrivent des trucs comme ça, mais ils ne font jamais
rien de ce qu'ils recommandent à leurs crétins de lecteurs. Et ils finissent, comme tout le monde, avec des
obsèques nationales, la Légion d'honneur autour du cou
et les sous du Nobel sur leur compte en banque bien
garni.

L'irascible vieillard ne voyait plus personne. Il m'avait
moi. C'était assez. Les autres ne lui paraissaient jamais à
la hauteur de ses indignations. Ils acceptaient, ils transi-
geaient, ils se pliaient à l'époque, ils se ruaient avec
ardeur dans les compromissions et dans l'accommode-
ment. Lui était intraitable. L'imprécation l'habitait. Il
allait jouer aux cartes dans des cercles où il laissait sur
le tapis le peu qui lui restait encore d'un patrimoine
englouti. Mais il s'en serait voulu de jamais se lier avec
des partenaires qui s'arrangeaient du monde. Il était loin
des autres. Il était seul. Et il râlait.

C'est moi qui réussis un jour à rompre cette solitude.
Et c'est le début de notre histoire qui, elle aussi, pour ne
pas changer, ressemble si fort à l'histoire.

CHAPITRE QUATRIÈME

Notre élève Dargelos – Entrée en scène d'Éric –
Charme et douceur d'une révolution violente – « Je suis
trotskiste » – Une odeur d'antimite – Le souvenir de
Charette – Tout change et tout s'efface.

Il y avait au lycée un garçon silencieux et rêveur, très populaire auprès de ses camarades, qui, parce qu'il était fort et blond, portait le nom d'Éric. C'était notre grand Meaulnes à nous, notre élève Dargelos. À la sortie des cours, il m'accompagnait, à travers le Luxembourg, jusqu'à la rue de Fleurus. Et je le raccompagnais, dans l'autre sens, à travers le Luxembourg, jusqu'à la rue Mouffetard où habitait sa mère. Nous étions amis, tous les deux. Nous refaisions le monde. Il était charmant et féroce. Très brillant, très doux, adoré de ses amis. Il était partisan d'une révolution violente et sanglante qui changerait la face du monde.

Éric était plus vieux que moi. J'étais plutôt en avance. Il était très en retard, puisqu'il avait dix-neuf ans. Il avait été malade et il avait passé deux ans à la montagne. C'est

28

là qu'il avait rencontré un type dont j'ai oublié le nom et qui était trotskiste. Je ne savais rien du trotskisme et ce mystère me fascinait. Un jour, au lycée, j'avais encore quinze ans, Éric m'avait dit :

– Je suis trotskiste.

D'un air grave et entendu, j'avais répondu :

– Ah !

Le soir même, à la maison, je demandais d'une voix absente :

– Grand-père, c'est quoi, les trotskistes ?

Il me répondait :

– Ce sont des rouges.

Les rouges, l'irascible vieillard ne les portait pas dans son cœur. C'étaient des gens sans foi ni loi, à qui le sens des vraies valeurs, c'est-à-dire de nos valeurs à nous, était radicalement étranger, dont les théories insensées avaient beaucoup contribué à rendre plus cruelle encore une histoire déjà si dure et qu'il était, en un mot comme en mille, impossible de fréquenter. Jamais un rouge n'avait franchi le seuil de notre deux-pièces de la rue de Fleurus où flottait, dans une odeur d'antimite et de renfermé, le souvenir des Cadoudal, des Charette, des Romanov et des Ioussoupov, du Saint Empire romain de nationalité germanique et de cette double monarchie dont la destruction constituait aux yeux de mon grand-père une des catastrophes majeures d'un monde devenu fou et qui courait à sa perte.

– J'ai un ami trotskiste, dis-je d'une voix blanche.

– Trotskiste ? Impossible ! Junior ! Tu creuses ta propre tombe. À la garde ! Souviens-toi de te méfier !

Comme les êtres changent vite ! Il allait suffire au temps de passer pour vider de leur sens les paroles de mon grand-père et pour les effacer.

CHAPITRE CINQUIÈME

La descendante des Vandales – Un couple idéal dans les jardins du Luxembourg – Sottise présumée du lecteur et des critiques – L'inconscience est mon royaume – La fièvre monte rue de Fleurus – La terre ne s'ouvre pas sous mes pieds.

J'aimais Éric. Je l'admirais. J'aimais aussi Leila, et je l'admirais. Leila était l'amie d'Éric. Elle était silencieuse et kabyle, et elle avait des yeux verts qui lui venaient, disait-elle, de ses ancêtres vandales. Elle était aussi brune qu'Éric était blond et les voir ensemble donnait à qui les croisait dans les jardins du Luxembourg vers l'extrême fin de ce siècle si ardemment pourri aux yeux de mon grand-père une espèce de bonheur fait de contraste et d'harmonie. Une stupeur enchantée s'emparait des passants. Et vieillards et jeunes gens se retournaient sur eux.

Je vois déjà se lever en vous les imprudentes pensées du lecteur trop pressé. « Ah ! ah ! murmurent-elles en sourdine, voilà que Casimir va tomber amoureux de Leila-la-Kabyle et que les problèmes vont surgir entre

Junior et son pauvre grand-père. » Enfants que vous êtes ! Croyez-vous vraiment que j'aurais pris la plume pour vous raconter des insanités dignes de ces succès de l'été que vous lisez sur les plages, le visage enduit de crème, sous de grands parasols ? J'aurais honte de moi. Je tiens trop à vos sous. J'aimais Leila. J'aimais aussi Éric. J'aimais Éric-et-Leila. Je crois, j'avais seize ans, que je n'aurais pas pu choisir entre Éric et Leila. Éric sans Leila n'était qu'un grand dadais. Leila sans Éric ne m'était rien du tout. Éric et Leila étaient, ensemble, tout mon monde.

Mon monde, c'était aussi l'irascible vieillard. Vous avez déjà compris, j'imagine, à quel point Casimir était un bon jeune homme. C'était, je vous aide un peu, j'aide un peu les critiques toujours si prompts à bafouiller et à battre la campagne, c'était Candide au temps du soupçon et de la complexité. C'était les deux orphelins, mais réduits à un seul par la dureté des temps. C'était les deux enfants du fameux tour de la France – vous rappelez-vous Phalsbourg, ce n'est pas sûr, et les méchants Prussiens ? – dont l'autre serait passé à la trappe.

L'idée me vint très vite de réunir mes deux mondes. À défaut, bien sûr, du jugement le plus droit, j'avais l'esprit si simple que toute dissimulation me semblait déplacée. La schizophrénie me pesait. Je n'aimais pas vivre séparé. Poussé par je ne sais quel démon, celui de l'innocence, j'imagine, ou de la plus folle audace, je décidai, un beau jour, ah ! je n'avais peur de rien, de présenter Éric à l'irascible vieillard. Et, comme si ce n'était pas assez de lui fourguer un trotskiste – je n'avais toujours pas très bien compris ce qu'était le trotskisme –, je choisis, dans mon inconscience, de lui fournir en prime, sous les espèces de Leila, un très pur spécimen de l'immigration maghrébine.

J'essayai d'envelopper le scandale dans les atours les plus élimés de notre tradition :

– Grand-père, lui demandai-je de l'air le plus chafouin, est-ce que je peux inviter deux amis à goûter ?

– Mais bien sûr, Junior, me répondit mon grand-père.

Inviter à goûter au 1 *bis* de la rue de Fleurus un représentant de la IVe Internationale, flanqué d'une Kabyle aux yeux verts ! La naïveté est mon lot. L'inconscience est mon royaume. Si j'avais su ce que je déclenchais, j'aurais sans doute hésité.

Le goûter – confiture de framboises, quatre-quarts, Lapsang Souchong – était fixé au samedi. Dès le jeudi, je me sentis mal. Le vendredi, je fus sur le point de confier à Éric, sous le sceau du secret, que mon grand-père, pris de faiblesse, avait été hospitalisé à la Pitié-Salpêtrière ou à Lariboisière dont j'aimais le nom si fruité et si doux. De raconter à mon grand-père que, par un coup du sort, mes deux amis, en même temps, avaient été frappés par la grippe espagnole : mon grand-père m'avait souvent parlé, avec une sorte de gourmandise mêlée de mélancolie, des ravages exercés par la grippe espagnole au temps de ses grands-parents. Le vendredi s'écoula dans une angoisse qui frôlait l'hystérie. La fièvre montait rue de Fleurus. Samedi, j'étais hagard. J'attendais, immobile et muet, la fin du monde qui menaçait.

La sonnette retentit.

– Voilà tes amis, dit mon grand-père.

Il souriait.

J'allai ouvrir. L'espérance est enfouie au fond du cœur des hommes. Je me dis en un éclair que c'était peut-être une erreur, un facteur égaré, un cousin de province, pourquoi pas ? de passage à Paris, une quête contre le sida, la mucoviscidose ou la tuberculose qui revient en force de nos jours. Je fus frappé de stupeur par ce que j'attendais : c'était Éric et Leila.

– Bonjour, dit mon grand-père.

– Bonjour, monsieur, dit Éric.

Leila, très calme, tendit la main à mon grand-père. Et mon grand-père, à mon horreur, pourquoi, mais pourquoi la terre ne s'ouvrait-elle pas sous mes pieds ? baisa la main de Leila.

CHAPITRE SIXIÈME

*Considérations géopolitiques sur les pays de l'Afrique
du Nord – Rome se rapproche, et s'éloigne – La foudre
me tombe sur la tête – Louis-Philippe en baisse sensible
– Une petite cuiller tintinnabule – Dangers épouvan-
tables de la sociologie – Le monde tremble sur ses bases
– Éric reprend du quatre-quarts – Un peu de gaieté
dans les ténèbres.*

Ce n'est pas la peine de tourner autour du pot où l'eau
du Lapsang Souchong, que j'avais, dans l'émotion,
oubliée sur le feu, était en train de bouillir : l'irascible
vieillard fut charmé par Leila.

– Elle est italienne ? me souffla-t-il, pendant que
j'allais chercher le quatre-quarts dans la cuisine où il
trônait.

– Je ne crois pas, lui dis-je avec un courage digne de
Rome. Marocaine, j'imagine.

Rome s'éloignait déjà. Il me semblait que le Maroc, je
ne savais pas pourquoi, Lyautey peut-être, ou ses tirail-

leurs marocains, ou les remparts de Marrakech, passerait mieux que l'Algérie.

– Ah ! me dit-il. Elle est très bien.

L'image de la Mexicaine mélangée de Chinoise me traversa l'esprit comme une colombe salvatrice au-dessus de l'arche de Noé.

Éric, par je ne sais quels détours, était engagé avec mon grand-père dans une conversation qui roulait sur Louis-Philippe et sur la monarchie bourgeoise de Juillet.

– Un régime infect, disait-il.

Le sang se glaçait dans mes veines.

– Infect, dit mon grand-père. Chateaubriand ne s'y est pas trompé.

Comme il est doux de revivre ! Je revivais. Je chérissais le mégalomane des *Mémoires d'outre-tombe.*

– La bourgeoisie, dit Éric, est le bégaiement de la noblesse. Une espèce de grimace de la féodalité.

– Ah ! dit mon grand-père, rien n'est plus réconfortant que d'entendre des jeunes gens qui croient encore à quelque chose.

La tête me tournait. Comme on se jette à l'eau, je tendis à Leila une deuxième tasse de Lapsang Souchong. Et je tremblais si fort que la tasse, la soucoupe et la petite cuiller en argent, restes naufragés d'un lointain héritage, s'entrechoquaient bruyamment.

– Vous faites des études, mademoiselle ? lui demanda mon grand-père avec urbanité.

Je compris tout à coup qu'abruti par l'affection et par l'admiration je ne savais pas ce que faisait Leila. La terreur me reprit. J'imaginai un instant qu'elle s'occupait de sociologie et qu'elle allait l'avouer à l'irascible vieillard.

– Je prépare ma médecine, dit Leila.

– Mademoiselle, dit mon grand-père, la foudre me tombait sur la tête, je vous admire beaucoup.

– Je vous remercie, monsieur, dit Leila en buvant sans le moindre bruit son thé pourtant bouillant. Casimir m'a parlé de vous dans des termes qui vous feraient plaisir.

Je la regardai, les yeux ronds. Mais ce qui m'étonnait encore plus que l'aisance magnifique de la descendante des Vandales, c'était la suavité affichée par l'irascible vieillard.

– Mademoiselle, lui dit-il, vous ne devez pas connaître beaucoup de monde à Paris, qui est souvent si déplaisant envers les étrangers. Je voudrais que vous vous considériez désormais comme chez vous au 1 *bis* de la rue de Fleurus. Et vous aussi, monsieur.

Et il se tourna vers Éric.

– Monsieur, dit Éric, et le monde trembla sur ses bases, je ne suis pas surpris de votre accueil. Vous êtes digne du grand nom que vous portez.

Et, avec simplicité, il reprit du quatre-quarts.

Quand Éric et Leila eurent franchi le seuil dans l'autre sens, mon grand-père me regarda.

– Je ne pensais pas, me dit-il, qu'il y eût encore en France, de nos jours, des jeunes gens aussi agréables et aussi distingués que tes amis.

Je me rappelais les formules que me serinait Éric à longueur de journée : La propriété, c'est le vol. Il n'y a que la violence pour accoucher l'histoire. La société telle qu'elle est doit être détruite de fond en comble. La philosophie n'a que trop pensé le monde : il faut maintenant le changer.

L'avenir m'était toujours aussi obscur. Ou peut-être un peu plus. Voilà, tout à coup, qu'il me paraissait moins sombre. Il y avait, dans les ténèbres, comme une ombre de gaieté.

CHAPITRE SEPTIÈME

Quelques lumières sur la querelle du Filioque – Arius et la nature du Fils – Une origine de l'islam – Mère de son Père ? – Nestorius et Saddam Hussein – Les poupées russes de la théologie – Un petit mot meurtrier – Turban turc et tiare latine – Profondeur insondable d'un membre de l'Institut.

Membre de l'Institut de France, le professeur Amédée Barbaste-Zillouin appartenait à l'illustre Académie des inscriptions et belles-lettres. Bien qu'il fût, lourde tare aux yeux de mon grand-père, universitaire et savant, c'était un des rares amis de l'irascible vieillard. Et peut-être même le seul. Il préparait depuis plus de quinze ans un ouvrage – jugé remarquable par ceux qui avaient eu la chance insigne d'en consulter des passages – sur la querelle du *Filioque*. La querelle du *Filioque*, dont les subtilités sans fin m'étaient à l'origine aussi obscures que le trotskisme, joua un rôle central dans les débats, parfois sanglants, qui agitèrent l'Église pendant près d'un millénaire et dont les traces ne sont pas encore effacées de nos jours. Avant de faire une entrée, assez réussie je crois, dans le grand banditisme, j'ai été bercé par les splendeurs du *Filioque*.

Peut-être aimeriez-vous connaître, au moins dans ses grandes lignes, le fond mystérieux de la querelle du *Filioque* ? Piaffez-vous ? Vous piaffez. Vers la fin du IIIe siècle et au début du IVe, sur la côte méridionale de cette Méditerranée qui constituait alors – la Chine était si loin et l'Amérique vivait repliée sur elle-même – le centre du monde connu, un moine du nom d'Arius enseignait que tout fils se distingue de son père et que, tiré du néant par le Créateur de l'univers et de tout ce qui s'y trouve, le Christ, Fils de Dieu, était inférieur à Dieu le Père. Quant à l'Esprit-Saint, troisième personne de la très sainte Trinité, il était encore moins Dieu que le Père, Dieu suprême, et le Fils, Dieu mineur.

La doctrine d'Arius, qui prit le nom d'arianisme, mit le feu à la chrétienté. Ses conséquences furent innombrables. Il n'est pas impossible que l'arianisme, qui prêchait un monothéisme radical, ait préparé la voie, entre le IVe et le VIIe siècle, à la conquête foudroyante de tout le versant méridional de la Méditerranée par les cavaliers de l'islam.

Dès le printemps de 325, Constantin le Grand, empereur d'Orient à Byzance, qui devait recevoir de lui le nom de Constantinople, réunit à Nicée pour condamner l'arianisme une assemblée des évêques. Ce fut le premier des conciles œcuméniques. Le patriarche d'Alexandrie, qui s'appelait Alexandre, et son futur successeur, qui s'appelait Athanase, l'évêque de Cordoue et Arius lui-même, et beaucoup d'autres encore, se disputèrent comme des intellectuels ou comme des députés, c'est-à-dire comme des chiffonniers, sur le point décisif de savoir si le Père, le Fils et le Saint-Esprit étaient unis entre eux par la consusbtantialité ou seulement par la ressemblance – ὅμοουσια ου ὅμοιουσια. Un *iota* suffisait à séparer les deux camps. Il fit couler des torrents de sang.

Parmi les adversaires les plus farouches d'Arius figurait un moine syrien du nom de Nestorius qui s'était élevé jusqu'au patriarcat de Constantinople. À force de soutenir bec et ongles, contre Arius, que le Fils était rigoureusement consubstantiel au Père, il se heurta très vite à une difficulté majeure : comment Marie, fille de Dieu comme tous les hommes, pouvait-elle être la mère de son Père ? Il fut contraint de distinguer dans le Christ, non seulement deux natures, mais deux personnes : l'une divine et l'autre humaine. Pour Nestorius, qui divisait le Fils en deux personnes distinctes, Marie ne pouvait être dite mère de Dieu – comment un être mortel pouvait-il donner naissance à Dieu ? – mais seulement mère du Christ : *Christotokos* et non *Theotokos*. Le concile de Nicée avait condamné Arius. Le concile d'Éphèse condamna Nestorius, dont la postérité continue jusqu'à nous puisque Tarek Aziz, le second de Saddam Hussein, le patron de l'Irak, est un chrétien nestorien.

Ce que Nestorius avait été à Arius, Eutychès le sera à Nestorius. Ennemi juré de Nestorius, il combattra avec ardeur la division du Christ. Il la combattra si bien qu'il finira par enseigner que, la nature humaine ayant été absorbée par la nature divine « comme la goutte d'eau est absorbée par la mer », il n'y a en Jésus-Christ qu'une seule et unique nature. Cette nature est divine. Arius tirait le Christ vers l'homme. Eutychès le tire vers Dieu. Pour Eutychès, le Christ n'est plus un homme : il est seulement un Dieu. L'hérésie du monophysisme sera condamnée par l'Église au concile de Chalcédoine comme l'hérésie d'Arius avait été condamnée au concile de Nicée et comme l'hérésie de Nestorius avait été condamnée au concile d'Éphèse.

C'est à cette série irrésistible de poupées russes successives, où l'orthodoxe de la veille devient l'hérétique du lendemain, que s'intéressait passionnément le professeur Amédée Barbaste-Zillouin, membre de l'Institut de France et ami de mon grand-père. La ronde des poupées russes tournait autour de la nature du Christ et de ses rapports avec les autres personnes de la Sainte-Trinité. C'est là qu'intervenait la querelle du *Filioque*. Au Symbole des Apôtres, prière originelle des chrétiens, avait été substitué, avec des additions et des complications dont l'examen complet exigerait plusieurs vies d'exégèse et d'érudition, le Symbole de Nicée. Au Symbole de Nicée les chrétiens wisigoths d'Espagne, puis l'empereur Charlemagne avaient fait ajouter un petit mot meurtrier : *Filioque*.

« Je crois en Dieu, le Père tout-puissant, créateur du ciel et de la terre. Et en Jésus-Christ, son Fils unique, notre Seigneur (...) Je crois en l'Esprit-Saint, à la sainte Église catholique, à la communion des saints, à la rémission des péchés, à la résurrection de la chair, à la vie éternelle, Amen », disait le Symbole des Apôtres. « Je crois en un seul Dieu, le Père tout-puissant, créateur du ciel et de la terre, de l'univers visible et invisible. Je crois en un seul Seigneur, Jésus-Christ, Fils unique de Dieu, né du Père avant tous les siècles (...) Je crois en l'Esprit-Saint, qui est Seigneur et qui donne la vie ; il procède du Père », disait le Symbole de Nicée, anxieux de maintenir l'équi-

41

libre entre les trois personnes de la Sainte-Trinité. « Il procède du Père *et du Fils* », décrétèrent, pour mieux lutter contre les restes d'arianisme qui traînaient un peu partout et à la fureur des chrétiens d'Orient qui n'avaient pas été consultés, les Wisigoths d'Espagne qui s'étaient convertis de l'arianisme au catholicisme et l'empereur Charlemagne. Et Amédée Barbaste-Zillouin avait construit toute sa vie sur ces trois mots : *et du Fils*, qui n'en font qu'un en latin et qui ramassaient en eux des siècles et des siècles de débats au sein de l'Église du Christ.

Grâce à Amédée Barbaste-Zillouin, membre de l'Institut de France, que nous appelions le *Professeur*, ou encore le *Membre* tout court, j'avais fini par apprendre, non pas tout, bien sûr, mais enfin presque tout sur l'inénarrable *Filioque*. J'avais du mal à accorder le participe passé, à résoudre des équations du deuxième degré, à deviner parmi tant d'autres la capitale du Honduras ou du Mali, à distinguer Louis VII, dit le Jeune, qui était le mari d'Aliénor d'Aquitaine, de Louis VI, dit le Gros, qui épousa successivement, il y avait là-dedans quelque chose de démoniaque, Lucienne de Rochefort, puis Adélaïde de Savoie. Mais j'étais imbattable sur le *Filioque* qui ne me servait à rien et sur lequel personne n'avait jamais l'idée lumineuse et si simple de me poser des questions qui auraient entraîné aussitôt de ma part des réponses de nature à atténuer, en partie au moins, la réputation de benêt qu'à juste titre peut-être je traînais derrière moi.

Je savais presque tout sur le *Filioque* parce que le Membre venait dîner rue de Fleurus tous les mercredis soir. Nous traînions dans la boue députés et ministres toutes tendances confondues, nous nous lamentions un peu sur les mœurs de ce temps, nous faisions l'éloge des Romains, des Grecs, des anciens Égyptiens, des Japonais qui font la grève en se passant un brassard au bras et en continuant à travailler, des paysans dont le nombre fondait à vue d'œil comme la neige au soleil, nous parlions de l'Église qui était, aussi indissolublement que les deux natures dans le Christ, notre espérance et notre consternation. Et puis, inévitablement, sans nous laisser happer et distraire par leur télévision qui n'entrait pas chez nous, nous passions au *Filioque*, à ses racines au loin, du côté d'Arius et de Nestorius, à ses conséquences sur la quatrième Croisade, sur l'avenir de Venise et sur le déclin et la chute de Constantinople, abandonnée par Rome à son sort désastreux. Trois fois sur quatre, Amédée Barbaste-Zillouin rappelait la formule fameuse qui traduisait si bien le ressentiment, né en partie du *Filioque*, que nourrissaient les Byzantins à l'égard de Rome et du pape : « Plutôt le turban turc que la tiare latine ! »

— Ah ! Junior ! Junior ! soupirait mon grand-père, tu devrais faire de l'histoire...

— Oui, commentait le Membre avec cette profondeur et cette originalité qui lui étaient si propres, l'histoire est le destin des hommes.

Je ricanais en silence. Je pensais à Éric. Il méprisait l'histoire. Il croyait que la philosophie aurait raison de l'histoire.

CHAPITRE HUITIÈME

Ravages de l'ambition – Biquette et son trou – *Un festival de la partouze et de la fellation* – *Brève théorie de la critique* – *Un mot de sainte Thérèse* – *Violence de la passion littéraire.*

Les êtres sont imprévisibles. Un mal pire que la peste rongeait en secret l'ami de mon grand-père : c'était l'ambition littéraire. Le spécialiste de *Filioque* souffrait mort et passion de ne pas atteindre à une notoriété dont il rêvait jour et nuit et qui se refuse le plus souvent, on se demande d'ailleurs pourquoi, aux historiens de l'Église. Il était un savant reconnu par ses pairs. Il voulait être lu dans le métro, sur les plages, dans les salles d'attente des dentistes et des médecins, sur les bancs des parcs publics, les matins de printemps, par des jeunes gens ignares, ricaneurs et chevelus qui ne savaient rien de la rencontre à Ravenne entre Odoacre, roi des Hérules, et Théodoric, roi des Ostrogoths, ni de la querelle des images qui avait ébranlé un empire. Ainsi va la passion.

Par un égarement où se mêlaient des rêves d'enfant,

peut-être une obscure volonté de pouvoir et, plus simplement, la vanité et l'avidité, il s'était laissé aller à écrire un roman libertin, à l'extrême limite de la pornographie. Pour se donner bonne conscience, il avait situé son ouvrage au temps de la Renaissance, sur les bords de la Loire, et associé, en un savant bouquet, libertinage et érudition. Paru sous le couvert d'un anonymat que la critique n'avait pas été longue à percer, le livre, qui avait, merci mon Dieu !, échappé à la vigilance et à la fureur de mon grand-père, portait un titre qui ne s'est pas gravé dans la mémoire collective : *Biquette et son trou.*

Ce joli petit ouvrage, dont la couverture s'ornait d'un satyre ou d'un faune en train de poursuivre une jeune personne court-vêtue et de lui arracher sa tunique, était aussi lassant et aussi ennuyeux que la querelle du *Filioque* était excitante et amusante. Juchés sur le dossier d'un banc du Luxembourg, nous le déclamions à haute voix, Éric et moi, pour tenter d'amener un sourire sur les lèvres de Leila. Elle souriait. Mais peu. Dans la littérature comme dans la vie, rien n'est plus redoutable que le maniement d'un sexe qui n'est pas une excuse à l'absence de talent. Le livre était un tissu d'inepties et d'obscénités chargées de racoler le chaland et de faire passer tant de sottise au nom de l'audace et de la modernité. C'était, rattaché d'un fil lâche à des gracieusetés d'un autre temps, un amoncellement de glands, de vits, de mottes, de prépuces qui coulissaient sous la main de Biquette, de queues en train d'éclater et de répandre leur sève sur des seins tendus par le désir et dans des buissons humides, à l'odeur de nard et d'épices, où s'égaraient lèvres et doigts. Un sommet de la partouze et de la sodomie. Un festival de fellations et de cunnilingus à peine dissimulés sous des allusions érudites à la littérature de la Renaissance et une floraison d'imparfaits du subjonctif qui faisaient bon ménage avec des flots de sperme sur des mamelons dressés.

Les critiques sont malheureux parce qu'ils parlent des livres et qu'ils voudraient en écrire. Ils se vengent de ce malheur sur les ouvrages qu'ils sont chargés de commenter. Et, pour amuser le public et briller à ses yeux, ils construisent sur leur dos de petites machines étincelantes, aux variations souvent blessantes. *Biquette et son trou* était pain bénit pour ces âmes malheureuses de la littérature changées soudain en bourreaux. Elles s'en donnèrent à cœur joie, enchantées de pouvoir descendre en flammes un historien de la religion égaré sur leurs terres et un membre soudain hélas ! presque célèbre de l'Académie des inscriptions et belles-lettres. Le professeur Barbaste-Zillouin, qui avait tant rêvé de se voir enfin lu par le commun des mortels, illustrait le beau mot de sainte Thérèse d'Avila : « Que de larmes seront versées sur des vœux exaucés ! »

L'échec de son navet en forme de phallus torturait le Professeur. Trop peu étudié par les philosophes et les romanciers, l'amour de la littérature, et d'abord de la sienne propre, est une passion violente – aussi violente que l'avarice, que l'ambition politique, que les passions de l'amour tout court – et capable, en France surtout, de mener à tous les délires. Mon grand-père aimait le passé. Il en souffrait. Le Membre aimait son livre. Il en souffrait aussi. Il se mit à nourrir pour les critiques qui le démolissaient, et, de fil en aiguille, pour la société qui permettait, et peut-être engendrait, de tels crimes une haine inextinguible.

CHAPITRE NEUVIÈME

Le Q.G. – Éric et Leila aux dîners du Filioque *– Adeline, reine des pieds de porc – Célébrité à venir du 1* bis *rue de Fleurus – La raison tonne en son cratère – Stupeur des ducs et pairs – Nous sommes tous mécontents – Mais il faut bien chanter dans ce monde de malheur.*

Le temps passait. Qu'est-ce qu'il fait d'autre ? Éric et Leila étaient revenus plusieurs fois au 1 *bis* de la rue de Fleurus qu'ils appelaient, j'étouffais de bonheur, leur « quartier général ». Ils disaient : le *Q.G.* Ils finirent par être invités avec régularité aux dîners du *Filioque*, tous les mercredis soir.

Je me suis souvent demandé ce qui pouvait bien les attirer rue de Fleurus. Je suis tout prêt à croire à l'amitié et ma modeste personne n'était peut-être pas pour rien dans leur assiduité. Mais ils pouvaient me voir n'importe où quand ils voulaient et rien ne les obligeait à me poursuivre jusqu'au 1 *bis*. Il est difficile de soutenir que ce qu'ils recherchaient, c'était la compagnie du Professeur. Des professeurs, ils en avaient vu et entendu beaucoup d'autres, et de dimension plus imposante que le Barbaste–Zillouin. Ils aimaient à s'amuser avec lui et de lui, mais sa naïveté et ses saillies, d'une vivacité souvent surprenante de la part d'un spécialiste à la fois du *Filioque* et de la fellation érudite, ne suffisaient certainement pas à les faire revenir chaque semaine avec une régularité de catéchumènes récemment convertis. Était-ce mon grand-père qui les séduisait ? Je crois qu'une espèce d'amitié, hautement paradoxale, avait fini par lier le Viking nourri de Trotski et l'irascible vieillard. Ce qui les unissait, en sens inverse si j'ose dire, l'un regardant en arrière, l'autre regardant en avant, l'un penché sur le passé et l'autre sur l'avenir, c'était un commun mépris pour le présent, si blafard et si veule, et pour la démocratie libérale. Chacun des deux étonnait l'autre et quelque chose qui ressemblait à un respect mutuel s'établissait entre eux. Je m'enchantais de voir mon grand-père, d'ordinaire si réservé, passer son bras autour des épaules d'Éric et d'entendre le partisan d'une révolution sanglante, toujours avare de compliments, approuver les sorties tonitruantes de l'ancien légionnaire contre le monde d'aujourd'hui. Je soupçonne pourtant que le vrai motif de la présence de Leila et d'Éric tous les mercredis soir n'était autre qu'Adeline.

Adeline était la reine des pieds de porc et du veau Marengo. C'était elle qui avait élevé mon père et, à la mort de mes parents sur l'autostrade du soleil, elle s'était attachée, pour le meilleur et pour le pire, à mon grand-père et à moi. C'était une forte femme, et elle faisait la cuisine. Quelle cuisine ! Elle ne faisait pas seulement la cuisine : elle faisait la famille et elle faisait la maison. Elle les tenait debout d'une main de fer et la rue de Fleurus se serait écroulée sur mon grand-père et sur moi si elle avait disparu. Elle prit Éric en amitié. Et Leila, plus encore. Éric et Leila entrèrent dans la société bourgeoise par la cuisine du même nom.

Tous les mercredis soir, nous étions six au 1 *bis* rue de Fleurus – et je ne sais pas si cette adresse, aujourd'hui si banale, ne deviendra pas un beau jour, je n'en serais pas trop surpris, aussi familière aux enfants des écoles que le 10 Downing Street, que le 104 de la rue de Vaugirard, pas très loin de chez nous, où se réunissaient, au début de ce siècle, tant d'intellectuels catholiques, de François Mauriac, futur gaulliste, à François Mitterrand, chef encore à venir de l'Union de la gauche, que la Vallée-aux-Loups où Chateaubriand traînait, aux côtés de Céleste, sa misère et sa gloire, que la maison de Médan où habitait Zola. Mon grand-père prenait Leila à sa droite et Éric à sa gauche. Le Professeur et moi étions assis en face de lui. Surgissant de son fourneau d'où sortaient des effluves plus délicieux que tous les parfums d'Arabie, Adeline apportait les plats brûlants sous les applaudissements des convives et s'installait en général entre Éric et le Professeur, juste en face de Leila. Nous nous mettions à parler. La raison tonnait en son cratère. Le légionnaire et le trotskiste échangeaient leurs fureurs. Les maréchaux de camp, les dames d'atours, les ducs et pairs de notre lignée, que quelques croûtes encore représentaient aux murs dans leurs tenues d'apparat, se retournaient sur nous. Ils se frottaient les yeux. Ils n'en croyaient pas leurs oreilles.

Ce qui nous unissait, c'était l'amitié. C'était aussi le mécontentement. Sous des noms divers, le mécontentement est le sentiment dominant de notre temps. Les gens ne sont pas heureux. Ils se plaignent. Ils ont peur. Je ne sais pas, car je ne sais rien, si les gens étaient aussi mécontents sous Ramsès II, sous Périclès, sous Ts'in Che Houang-ti, premier empereur de Chine, voué à travers les siècles à l'exécration des lettrés pour avoir ordonné la destruction des livres classiques, sous Auguste, sous Élisabeth, la reine sans homme, ou sous le tsar Pierre le Grand. Le Membre, consulté, estimait que les gens étaient plus malheureux hier et avant-hier qu'aujourd'hui. Mais qu'ils ont le loisir d'être plus mécontents dans les temps où ils sont moins malheureux que dans les temps où ils étaient moins heureux. Nous discutions un peu là-dessus. Sans succès décisif. Comment mesurer les sentiments des hommes dans les âges évanouis ? On peut comparer des chiffres, des flottes, des armées, des marchandises, des politiques, à la rigueur des idées. Il n'est pas permis de comparer des sentiments. Les sentiments d'hier sont impossibles à ressusciter. Et même ceux d'aujourd'hui sont difficiles à cerner. Dans le domaine des sentiments, personne ne peut presque rien dire. Sauf peut-être qu'aujourd'hui, il n'y a qu'à regarder autour de soi et à écouter les gens, presque tout le monde est mécontent de presque tout. Nous vivons dans un siècle où règne le ressentiment.

Nous parlions dans les rires de ce ressentiment. Nous le cultivions dans l'ironie et le paradoxe. Même l'irascible vieillard se moquait de lui-même. Comme nos dîners étaient gais ! Souvent, à la fin, quand Adeline apportait ses crêpes Suzette ou ses profiteroles au chocolat, nous nous mettions à chanter. J'ai pensé plus tard que ces chansons avaient été très importantes dans la constitution du Groupe. Mon grand-père apprenait à chanter *La Jeune Garde* :

Prenez garde !
Les bourgeois, les curés,
Les sabreurs et les gavés,
Prenez garde !
La Jeune Garde
Descend sur le pavé,
Sur le pavé...

et *L'Internationale* dont les accents abhorrés n'avaient jamais résonné rue de Fleurus et qui apparaissait jusqu'alors à l'irascible vieillard comme l'œuvre même du démon.

Le café arrivait, porté à bout de bras par Adeline. Nous nous levions de nos places pour nous rasseoir aussitôt. Car, au 1 *bis* de la rue de Fleurus, où le luxe se faisait discret, la cuisine se confondait avec la salle à manger et la salle à manger se confondait avec le salon. Éric, à son tour, se mettait à chanter à pleine voix, sous les yeux de Leila, et je les regardais l'un et l'autre en train de se regarder, des chansons de marche de la Légion ou de l'infanterie de marine, où il était question de boudin, d'oies sauvages, de capitaines de légende, de camarades tombés sur les champs de bataille et de villes lointaines, au pied des vieux volcans ou au milieu des déserts.

Le monde était malheureux. Il l'avait toujours été. Maintenant que les causes du malheur reculaient peu à peu, sous les coups de la science et du progrès, il l'était encore et peut-être plus qu'avant. De grandes espérances étaient nées. Par une conspiration diabolique de l'histoire, dont le Membre parlait avec grâce et vigueur, elles n'avaient cessé d'être déçues. Chez les mineurs chassés

51

de leurs mines, chez les pêcheurs privés de poisson, chez les paysans en déroute, chez les rentiers pris de panique, chez les écrivains épouvantés par les ombres gigantesques de leurs prédécesseurs, un sentiment d'injustice et de crainte toujours accrue devant l'avenir venait s'ajouter au sentiment de mécontentement.

– Rien ne va plus, disait mon grand-père en dépliant, l'air lourd, sa silhouette massive qui se souvenait du passé.

– Rien ne va plus, disait Éric, les lèvres presque closes, ivre d'avenir et de changement.

– Ah ! non ! criait le Membre, et des lambeaux d'articles plus injurieux les uns que les autres pour un petit bijou de notre littérature défilaient dans sa tête, ah ! non ! rien ne va plus.

CHAPITRE DIXIÈME

Deux mots sur moi – Les autres sont ce qu'ils sont – La rengaine de l'à quoi bon ? – Vertige du rien – Je dors – Brefs diagnostics sur le malheur du monde – Une personne déplacée – L'idiot du village – Un hérétique du rien ne va plus.

Peut-être faut-il – le faut-il ? – parler un peu de moi. Deux mots. Pas un de plus. Les autres ne cessaient jamais, collés à leurs passions, d'être ce qu'ils étaient. Chateaubriand était un épicurien à l'imagination religieuse ; Malraux, c'était l'Asie, l'Espagne, l'engagement, le culte de l'art contre la mort ; Montherlant, de la hauteur tempérée par l'alternance ; Aragon, un paysan de Paris saisi par le communisme ; Jules Romains, l'âme des foules travaillée par le canular ; Gide, le combat sans répit et toujours contrôlé du désir et du dépouillement ; Claudel jetait sur l'univers son filet catholique. Ah ! bravo ! Encore bravo. Fanfares, cours magistraux et obsèques nationales. Adeline aimait son fourneau ; Proust aimait les chauffeurs, les duchesses, les pavés mal assemblés où le pied se tordait, les madeleines trempées dans le thé ; Picasso, la peinture et ses révolutions ; Einstein, l'espace et le temps en train de se confondre jusqu'à ne plus faire qu'un. Mon grand-père aimait le passé, le Professeur aimait son livre, Éric ne pensait qu'à une chose, et ce n'était pas à Leila : c'était à changer le monde. Tout cela, qui faisait les livres et la vie, était construit sur le roc et toujours semblable à soi-même. Moi, qu'est-ce que j'étais donc, qu'est-ce que je pouvais bien être ? Je vais vous le dire : je n'étais rien.

Je flottais loin de moi. Le seul chant que je chantais était la rengaine de l'*à quoi bon* ? Dites : croyez-vous que c'était drôle ? Le monde, si plein pour vous, me paraissait très vide et nous n'avions, lui et moi, rien à faire l'un de l'autre.

Je ne voulais pas être marin, je ne voulais pas être médecin, je ne voulais pas être peintre. Je ne voulais pas être postier, financier, forgeron. Je ne demandais pas à agir sur l'histoire. Je ne cherchais pas la gloire à la façon du Membre. Je n'avais même pas envie, comme tout le monde, d'être puissant ou d'être riche. Qu'est-ce que je voulais ? Je ne voulais rien. Qu'est-ce que je faisais ? Je ne faisais rien. Je n'espérais déjà plus rien. Je passais la vie à fuir et la vie et moi-même. J'attendais quelque chose, mais je craignais que ce ne fût rien. Et, peut-être, je le souhaitais. Je dormais beaucoup. Je rêvais peu.

J'enviais ceux qui, comme Éric, savent très fort ce qu'ils veulent. J'étais peut-être malade ? Ou était-ce le monde qui présentait les signes d'une affection chronique ? L'irascible vieillard pensait que le monde était tombé malade après s'être bien porté pendant des millénaires. Éric croyait que le monde guérirait par la Révolution après avoir été si longtemps arriéré et souffrant. J'imaginais plutôt que le monde n'avait jamais cessé et ne cesserait jamais d'être rongé de l'intérieur par un mal inconnu. Et aussi, et peut-être surtout, qu'il n'avait pas d'emploi ni même de place à m'offrir. J'étais, sur cette planète entière, une personne déplacée.

J'étais, moi aussi, mécontent de ce monde. Aussi mécontent qu'Éric. Aussi mécontent que le Membre. Aussi mécontent que l'irascible vieillard. Hébété et hilare, j'étais plus encore mécontent de moi-même. Je ne disais pas : « Rien ne va plus. » Je me disais plutôt que rien n'était jamais allé, que rien n'irait jamais, et que tout allait toujours. Je riais : « Tout est bien. » C'est le dernier mot du désespoir. J'étais l'idiot du village et, dans la gaieté devant l'inévitable, un hérétique du rien ne va plus.

CHAPITRE ONZIÈME

Dignité des origines – Histoire d'Esmeralda et du capitaine Marquez – Un archevêque au Rwanda – Considérations sur la grandeur et la décadence des médias – Une société à bout de souffle – Le soir tombe rue de Fleurus – Woody Allen, troisième degré – Un tribunal du monde moderne – Éric lève le poing.

Un soir, au dîner du *Filioque*, il se passa quelque chose dont personne ne se serait souvenu si l'avenir ne lui avait donné un sens et ne l'avait élevé à la dignité d'une origine. Des événements s'étaient produits quelque part sur cette planète. Leur écho se propageait de proche en proche et parvenait jusqu'à nous, aux portes du Luxembourg, à deux pas de Saint-Sulpice. Éric nous les raconta sur le ton le plus calme et sans le moindre effet.

L'histoire se déroule dans un pays lointain, rassurez-vous, bonnes gens, de l'Amérique latine. L'archevêque d'une petite ville écrasée de soleil et de poussière avait détourné le denier du culte pour installer sa maîtresse, qui s'appelait Esmeralda, dans une maison de rêve, baldaquins et piscine, au bord de l'océan. Quoi de plus simple ? L'Église aussi appartient à ce monde et elle en connaît les tourments. La jeune enfant se baignait, buvait du chocolat, regardait des feuilletons à la télévision et se promenait en bateau. De temps en temps, elle allait danser. Le malheur est qu'en ce temps-là, et dans ce coin précisément, la famine sévissait. Les gens s'étaient révoltés. Le chef de la rébellion harcelait jour et nuit les troupes envoyées sur place par un gouvernement de coalition où, unis par une fraternité d'intérêts plus forte que leurs convictions, conservateurs et progressistes se partageaient les pots-de-vin. Héritier de Zapata et de Pancho Villa, ce héros des temps modernes portait le nom, bientôt dans toutes les bouches, de capitaine Marquez.

Dans une maison amie qui s'entourait de précautions pour accueillir clandestins et rebelles, le capitaine Marquez rencontra Esmeralda qui était venue rendre visite à une amie de son âge. Elle avait dix-neuf ans. Il en avait trente-quatre. Devinez ce qui se passa ? L'amour, comme il se doit, les frappa l'un et l'autre. La rumeur de cette passion ne mit pas très longtemps à parvenir jusqu'à l'archevêque en qui se déclencha le fatal enchaînement des passions et des crimes. La jalousie l'embrasa.

Le capitaine Marquez, comme beaucoup de ses soldats, était un rebelle catholique et marxiste. Il descendait des montagnes qui lui servaient de refuge pour tuer quelques hommes à la solde du pouvoir et pour assister à la messe. Le matin de Pâques, dans une petite ville de l'intérieur investie pour quelques heures par un coup de main de ses troupes, il alla se confesser à un prêtre qui exprimait ouvertement, dans ses sermons du dimanche, sa sympathie pour la révolte. Il se trouva que ce prêtre était un agent triple, à la solde des rebelles, de l'Église et du gouvernement. Il n'eut rien de plus pressé que de sauter à cheval, ou peut-être dans une Jeep, et d'aller trouver l'archevêque pour lui indiquer que le capitaine si activement recherché par la police et l'armée était dans la région.

La paresse ne figurait pas dans la panoplie bien fournie des vices de l'archevêque. Il ne mit pas longtemps à prévenir le chef de la Sécurité militaire. Une opération fut lancée. Le capitaine fut repéré, encerclé, arrêté, envoyé en prison, jugé par un commandant, exécuté à l'aube. L'archevêque commit une erreur. Il fit ou laissa envoyer à Esmeralda le sexe sanglant du capitaine. À ce point du récit d'Éric, le Membre poussa un cri.

Esmeralda aimait le soleil, la mer, le confort, le luxe. Elle aimait les robes, les bateaux, les parfums. Elle aimait aussi, depuis peu, mais avec violence, Juanito Marquez qui avait les épaules larges, une mince moustache presque blonde et un sexe qui désormais était séparé de lui-même. En recevant cette relique qu'elle avait chérie plus que tout et qu'elle reconnut aussitôt pour l'avoir pratiquée et maniée avec beaucoup de dévotion, elle perdit connaissance. Quand elle eut repris ses esprits, elle décida de gagner la capitale sur-le-champ et de tout déballer.

Le scandale fut énorme. L'émission de télévision où Esmeralda apparut dans la robe à bretelles la plus simple, la plus convenable et la plus excitante, fut un succès mondial. Elle parlait avec des mots de la vie de chaque jour et avec une ardeur retenue. Elle parlait surtout d'amour. On l'entendit et on la vit à Londres, à New York, à Paris, à Moscou, jusque dans les îles les plus lointaines de l'océan Pacifique. Pour des raisons différentes, Esmeralda était devenue, en douze minutes, aussi célèbre qu'Ava, que Rita, que Golda, qu'Evita.

L'archevêque fut rappelé à Rome. On l'envoya au Rwanda. Esmeralda, aux dernières nouvelles, se remettait de ses épreuves sur les plages d'Hawaï.

C'était une histoire toute simple, aux bords de cette sottise qui enflamme les magazines, mais elle comportait des ingrédients qui la rendaient explosive : le sexe, l'argent, la révolte, le pouvoir, l'amour, le marxisme et l'Église. Chacun l'écoutait avec ses propres oreilles et jugeait les acteurs selon ses propres idées. La complicité de l'Église et de l'armée, qui aurait plutôt rassuré mon grand-père, exaspérait Éric. La rupture du secret de la confession, qui laissait Éric très froid, faisait bondir mon grand-père. Leila rêvait à la maison installée par l'archevêque pour sa maîtresse du bord de l'eau. Le Membre se disait que les critiques d'un pays si sauvage devaient être pires encore que ceux qu'il connaissait. L'histoire était réussie parce que chacun y trouvait son compte.

Quand Éric eut fini de nous la raconter, il y eut un long silence. Mon grand-père le rompit :

– Voilà des choses, dit-il, que vous n'auriez jamais vues dans les siècles écoulés.

– Détrompez-vous, dit le Membre. L'histoire est pleine de récits plus cruels que celui-là.

Une discussion s'engagea, à laquelle Adeline, bouleversée par le sort de la maîtresse de l'archevêque et de son capitaine, participa avec vigueur. Le Membre fit appel au pal, au cimeterre, aux murènes et aux crocodiles, à la scie émoussée pour faire souffrir davantage et à la poix brûlante, au sel et au plomb fondu versés lentement sur les plaies, aux yeux énucléés et à la peau écorchée, aux lanières de cuir mouillées qui faisaient éclater le crâne, aux machines à écraser les os, aux sabots des chevaux au galop sur un terrain semé de corps à moitié enterrés et il raconta des scènes de torture et de trahison plus atroces les unes que les autres. Adeline et Leila le supplièrent de se taire. On s'accorda à reconnaître que le mal n'a jamais cessé d'être à l'œuvre dans l'histoire, mais que les moyens modernes de communication contribuaient puissamment à créer ou à répandre, toute la question était là, l'image d'un monde en folie.

— Il reste, dit mon grand-père avec un peu d'impatience, que des horreurs comme celles-là, qui ruineraient toute société, ne sont plus réprimées. Elles sont à peine condamnées. Où allons-nous ?

Un nouveau silence s'établit.

— Je ne crois pas, dit Éric, qu'une société telle que celle-là puisse durer très longtemps. La raison chasse la barbarie.

— Dieu vous entende ! dit mon grand-père. Nous sommes à bout. On n'en peut plus. À quoi sert leur progrès si le mal est partout ?

Je ne garantis pas, bien entendu, l'exactitude au mot près ni la lettre des propos échangés. Je ne suis pas capable de m'en souvenir avec assez de précision. Mais l'esprit de ce qui s'est dit ce soir-là et les nuances apportées par chacun des convives, je crois les traduire avec fidélité.

— Que faut-il faire, demanda Leila, de cette société à vau-l'eau ?

— La changer, lança Éric avec vivacité.

— Revenir aux vieux principes, répondit mon grand-père.

– Aller de l'avant, dit Éric.

– Redresser la barre, dit mon grand-père.

– Punir, s'écria le Professeur, ceux qui ne cessent de la pourrir en répandant leurs mensonges et leurs ignominies.

C'était l'été. Le soir tombait. La nuit s'insinuait rue de Fleurus où résonnaient à peine quelques pas de promeneurs. J'avais trop vu de films. Le décor changeait imperceptiblement. Enfumée par les cigares bon marché de l'irascible vieillard et du membre de l'Institut, la pièce où nous nous tenions me parut soudain laisser la place à un saloon de western. Le guéridon style Louis XVI s'étirait, s'étirait jusqu'à devenir un bar interminable où glissaient des bouteilles. Les verres de muscadet se changeaient en bourbon. Une corde traînait dans un coin : elle était destinée à servir de cravate aux violeurs, aux assassins, aux voleurs de chevaux. Je voyais les personnages sortir de l'ombre tour à tour et se préparer à leur tâche de salubrité publique. Mon grand-père prenait le visage et la carrure de John Wayne. Le professeur Barbaste-Zillouin se dépouillait de lui-même, à son avantage je dois le dire, pour reparaître en James Stewart. Paul Newman, je ne sais plus, ou peut-être Robert Redford, plus brillant que jamais, tenait le rôle d'Éric. Leila était jouée, la ressemblance faisait pousser des cris, par Maureen O'Hara. Par gradations insensibles, le teint d'Adeline devenait si sombre et son embonpoint si flatteur que la cuisinière de mon grand-père finissait par se confondre avec la bonne Mamma d'*Autant en emporte le vent*. Et moi, en me flattant un peu, mais chacun rêve comme il veut tant qu'il reste debout et garde les yeux ouverts, j'étais Woody Allen, égaré, troisième degré, chez les cow-boys de la rue de Fleurus.

– Vous devriez, leur dis-je, vous constituer en tribunal des crimes du monde moderne et de son expression la plus achevée, la société bourgeoise.

– En tribunal ? demanda le Membre en haussant les sourcils.

– Privé, lui dis-je.

– En tribunal privé ?

– Pourquoi pas ? répondis-je. En vengeurs. En justiciers.

– Ah ! murmura mon grand-père d'un ton absent. En vengeurs...

Et des rêves de sabreurs lui passaient par la tête.

– Ah ! dit Éric. En justiciers...

Une forêt de drapeaux rouges mêlée de drapeaux noirs s'étendait sous ses yeux et je voyais déjà son poing en train de se lever.

CHAPITRE DOUZIÈME

Le tribunal se retire – Naissance et mort d'une revue –
Contre les majuscules – Fin des fadaises – Un discours
sous la pluie – Baptême du Groupe – Champagne !

L'idée du tribunal fit lentement son chemin. On en discuta trois mercredis de suite – et on y renonça. Un tribunal sans force armée pour faire appliquer ses décrets n'est qu'un jeu de l'esprit. Ce n'était pas la peine de perdre son temps. Mieux valait chercher ailleurs. On chercha.

Le Membre proposa de créer une revue où serait dénoncé tout ce qui fait tache sur ce monde. Et d'abord les critiques.

– La copie ne manquera pas, dit-il en ricanant.

Éric et Leila, malgré leur âge encore tendre, avaient déjà vu naître et mourir bien des revues. L'irascible vieillard se méfiait des écrivains et des intellectuels.

– Ils créent des problèmes qui n'existent pas au lieu de résoudre ceux qui existent. Ils racontent n'importe quoi dans une langue improbable. Et, sous prétexte de redresser ce qui est déjà tordu, ils s'empressent de tordre ce qui est encore droit.

Le projet de revue fut abandonné à son tour.

On pensa à un théâtre, peut-être de marionnettes, où, dans de courtes saynètes à vocation morale, seraient présentés, par exemple, l'archevêque, le capitaine, le prêtre infidèle au secret de la confession et la belle Esmeralda. Et beaucoup d'autres, bien entendu, et de toutes les farines. L'irascible vieillard voyait déjà ministres et parlementaires de l'exécrable régime cloués au pilori. Le Membre leur adjoignait un certain nombre de critiques littéraires dont il établissait les listes sur un petit carnet noir qu'il tirait de sa poche avec la mine terrible d'un Fouquier-Tinville ressuscité pour épurer les lettres de leurs mauvais bergers. Éric fit remarquer, à la stupeur de mon grand-père qui en ignorait tout, que quelque chose de ce genre existait déjà, avec succès d'ailleurs, à la télévision.

On pensa à un film, à un livre, à des campagnes de signatures – nous ne reculions devant rien –, à une exposition des horreurs et des bassesses de ce temps. On jeta les bases d'une action si ambitieuse et si vaste qu'elle couvrait les domaines d'un ministère de la Culture, de l'Information et de la Mémoire réunies. Le Membre parla d'une Académie de la Justice et du Respect de l'Homme qui se réunirait à intervalles réguliers pour décerner des prix aux bons et fustiger les méchants. Et tout le monde se mit à rire.

– Les majuscules, dit Éric, c'est drôle comme je m'en méfie.

On bavarda de la sorte pendant plus d'un trimestre. L'hiver était déjà là et le froid assez vif quand, les oreilles échauffées par tant de paroles inutiles, je proposai, un beau soir, de laisser tomber toutes ces fadaises de la modernité et de la communication et de reprendre les conversations sans queue ni tête qui, pendant de longs mois, avant l'histoire de l'archevêque jaloux du capitaine et les solennités avortées du tribunal et de la revue, nous avaient tant fait rire.

– Il a raison, dit Leila. Je commençais à m'ennuyer.

– Nous sommes un groupe d'amis, dit Éric. Pourquoi chercher plus loin ?

Je réfléchis un instant. La Pléiade, les Pieds-Nickelés, les Soirées de Médan et la bande à Bonnot, le café Cyrano où les surréalistes se penchaient sur le mystère des haricots sauteurs, l'*Histoire des Treize* de Balzac que je venais de lire et le club des Ran-tan-plan présidé par Bicot, dont la sœur s'appelait Suzy, s'agitaient sous mon crâne.

– Voilà l'essentiel : un groupe d'amis. Oublions le tribunal, la revue, les marionnettes, l'Académie : la barbe. Nous sommes un groupe. Fondons le Groupe. Nous verrons bien ce que nous en ferons et ce qu'il deviendra. Et peut-être, un jour, sera-t-il plus craint qu'un tribunal ou une revue. Plus célèbre qu'une Académie. Plus puissant qu'un ministère. Et, entouré de gens importants, du directeur de son cabinet, de plusieurs ambassadeurs de pays pétroliers, francophones et assez peu vraisemblables, des députés de la Sologne et de la Haute-Charente, le ministre de je ne sais quoi viendra dévoiler en personne, sous la pluie qui tombera à verse, une plaque de marbre sur la maison et prononcera, sous une forêt de parapluies, un long discours pesant sur notre gloire à tous et sur la gloire du Groupe.

Leila fredonna quelques mesures de *La Marseillaise*. Nous nous levâmes pour applaudir.

– Le Groupe..., murmura Éric. Pas si mal... Il y a de très petits groupes, dans l'histoire, qui ont fait bouger les masses.

– Vive le Groupe ! s'écria le Professeur qui, frappé de folie à l'idée de pouvoir enfin se venger de la race maudite des critiques, avait grimpé sur une chaise. Vive le Groupe ! Il écrasera l'infâme !

– Le Groupe... le Groupe..., grommela mon grand-père. C'est toujours mieux qu'une assemblée. Est-ce qu'on votera par hasard ?

Je vis la brèche aussitôt. Je m'y ruai, tête baissée.

– Bien sûr que non, répondis-je au nom de tous les autres. Pas de vote. Pas de statuts. Pas de règlement intérieur. Pas de bilan financier. Pas de correspondance entre les membres ni avec qui que ce soit. Pas de bureau ni de bureaucrates. Pas de paperasses et pas de règles.

– Pas de vote ? insista mon grand-père.

– Pas de vote ! lui confirmai-je.

– Ah ! très bien ! dit mon grand-père. Enfin de bonnes nouvelles ! Va pour le Groupe !

Et il pria Adeline, très émue par *La Marseillaise*, d'aller chercher sur la fenêtre où elles attendaient l'occasion avec une patience exemplaire trois bouteilles de champagne bien fraîches pour baptiser le Groupe. Nous les bûmes coup sur coup en moins de temps qu'il n'en faut pour l'écrire.

– Mes enfants, proclama mon grand-père en nous arrosant tous d'une quatrième bouteille violemment secouée à la façon des coureurs de formule 1 célébrant leur victoire, que ce champagne vous baptise et vous arrache aux bassesses de la vie quotidienne ! Votre nom est : le Groupe.

Nous applaudîmes à nouveau. Pour la quatrième fois, je versai à boire à Adeline, raide comme la mort, pétrifiée par l'alcool et par l'émotion. Elle se jetait contre ma poitrine et bredouillait, les larmes aux yeux :

– Mon petit ! mon cher petit ! Comme tes parents seraient fiers de toi !

Je la serrais contre moi. Mes parents n'étaient plus là. Je buvais. Je regardais les autres.

Le *Salve Regina* aux lèvres, Éric était tombé dans les bras de mon grand-père qui chantait à tue-tête *El Quinto Regimiento*, chant de marche et de guerre des communistes espagnols. Leila s'écroulait sur le sol, victime d'une crise de fou rire. Le Membre était toujours debout sur sa chaise d'où il haranguait les critiques.

CHAPITRE TREIZIÈME

*Une belle journée – Des foutaises de bon ton – Un
homme très distingué – Destin du Groupe – Fortes
paroles sur la justice et sur la vérité – L'irascible vieillard a des amis à la Légion.*

La vie du Groupe se poursuivit, dans les rires et la
gaieté, jusqu'aux approches du printemps. Un soir, au
sortir de l'hiver, où il faisait un de ces temps miraculeux
qui annoncent déjà l'été, le Professeur arriva, des journaux sous le bras, dans un grand état d'excitation. Il jeta
les journaux sur la table du dîner qui guettait avec impatience la tête de veau d'Adeline, et il se tourna vers nous.

– Nous sommes tout ouïe, dit mon grand-père à qui la
fébrilité du Membre n'avait pas échappé.

L'affaire était assez simple. Le Conseil consultatif de la
culture contemporaine, couramment appelé C.C.C.C., ou
4C, avait été installé au Grand Palais par le président de
la République et le Premier ministre. À grands frais. À
grand vacarme. C'était une foutaise, bien entendu. Mais
une foutaise de bon ton. Et comme on les aime à

Paris. Discours. Champagne. Conférence de presse. Petits fours. Le président du 4C était un homme de grand mérite et de la plus haute distinction. On venait d'apprendre que l'homme de grand mérite et de la plus haute distinction avait puisé dans la caisse de la Francophonie, qui dépendait du 4C, pour installer dans une dizaine de stations balnéaires des batteries de machines à sous qui lui rapportaient des fortunes à faire pâlir un avant-centre de Bordeaux ou de Marseille transféré à Milan. L'Académie des inscriptions et belles-lettres avait passé plusieurs séances à étudier l'affaire dans l'atmosphère la plus feutrée. Non seulement parce que l'homme de grand mérite et de la plus haute distinction appartenait, comme le Membre, à l'illustre Compagnie, mais parce qu'il détenait, sur la majorité au pouvoir comme sur l'opposition, quelques secrets d'État dont la révélation aurait pu être désastreuse pour les cours de la Bourse, pour le commerce extérieur et pour la balance des paiements, qui constituent, comme chacun sait, l'espoir suprême et la suprême pensée. Le gouvernement, à son habitude, craignait l'enquête plus que le crime. Les journaux jetés par le Professeur sur la table du Groupe à la place de la tête de veau ne consacraient que quelques lignes, assez fielleuses il est vrai, à cette jolie combinaison, si simple, si claire, si élégante, en un mot si française, et déjà en train de se perdre dans les sables mouvants des commissions d'enquête, des comités *ad hoc* et des assemblées générales.

— Qu'est-ce qu'on fait ? demanda Leila.

— Qu'est-ce qu'on peut faire ? dit Éric.

— Quel dommage, soupira le Membre, que nous ne soyons plus un tribunal...

Il y eut un bref silence. Je me raclai la gorge.

– Mais nous sommes un groupe, dis-je d'une voix hésitante. Nous sommes même le Groupe. Nous faisons ce que nous voulons.

– Le plus difficile, dit Leila, n'est pas de faire ce qu'on veut, mais de savoir ce qu'on veut faire. Que voulons-nous ?

C'est Éric, je crois, qui prononça les mots fatidiques qui allaient donner au Groupe son visage et son destin.

– Ce que nous voulons ? dit-il. Protéger les plus faibles. Combattre l'injustice. Punir les hypocrites. Servir la vérité.

– Vaste programme, dit mon grand-père. J'ai des amis à la Légion.

CHAPITRE QUATORZIÈME

Privilèges du Professeur – Une villa de Saint-Jean-de-Luz échappe à l'incendie – Hommage à Jorge Amado – Passion du jeu à Rio – Mystères du loto brésilien – La foudre tombe sur le Filioque *– Nouveau témoignage de la subtilité du Membre – La Croix du Sud nous fait signe.*

Sur Adrien Tapinoix – c'était le nom de l'homme de grand mérite et de la plus haute distinction – nous sûmes bientôt presque tout. Le Membre ne manquait pas d'instruments de recherche et d'investigation : il disposait d'archives, de bibliothèques, de relations et de bataillons d'étudiants qui travaillaient pour lui un peu partout.

– Tiens, tiens ! remarquait Éric, ces étudiants qui travaillent pour vous, ne serait-ce pas la forme la plus subtile et la plus moderne du servage ?

Nous apprîmes que le président du C.C.C.C., dont l'ambition secrète était d'obtenir un jour ou l'autre le ministère de la Culture et qui avait déjà failli le décrocher – « Quelle horreur ! » s'écriait Éric, sans qu'on sût s'il pensait à Tapinoix ou à la culture ou à leur commun ministère –, était propriétaire d'un hôtel particulier qui donnait sur le parc Monceau et d'une villa à Saint-Jean-de-Luz. Et qu'il se disait ruiné par les poursuites engagées contre lui.

– Nous ne pouvons tout de même pas, dit Leila, aller mettre le feu à sa maison de Saint-Jean-de-Luz pour lui donner une leçon ?

Non, bien sûr, nous ne pouvions pas. Nous le pouvions d'autant moins que la villa était à vendre, ou peut-être déjà vendue, et que le président du 4C, pour échapper à ses ennemis, était parti pour le Brésil.

Le Membre appartenait, à travers le vaste monde, à beaucoup de sociétés savantes et à plusieurs Académies. Il entretenait des relations assez étroites avec l'Academia Brasileira de Letras, qui siège au 231, avenida Presidente Wilson, à Rio de Janeiro, et avec plusieurs de ses confrères dont le secrétaire perpétuel, qui portait le beau nom d'Austrogesilo de Athayde, et l'illustre Jorge Amado, l'auteur de *Capitaine des Sables* et de *Bahia de tous les saints*, que nous admirions beaucoup, Éric et moi. Ce fut un jeu d'enfant pour le Membre de découvrir l'adresse brésilienne d'Adrien Tapinoix et de recueillir quelques informations sur ses activités à Rio.

Les habitants de Rio, qui s'appellent les Cariocas, ont une passion pour le jeu. Ils jouent sur tout : sur les courses de voitures ou de chevaux, sur les combats de coqs, sur les matches de tennis, sur les cours de la Bourse, sur le temps qu'il va faire. Éric se souvenait que Roger Caillois, qui était, comme Lévi-Strauss et plusieurs autres, à la fois un savant, un écrivain et un ami du Brésil, avait étudié une forme de jeu surprenante : les paris portaient sur les plaques des voitures en train de passer dans la rue et sur les chiffres qui les composaient.

Plus encore qu'ailleurs, le loto au Brésil est une institution. Un des correspondants du Membre signala un trafic assez curieux : les numéros gagnants du loto étaient rachetés par des inconnus à un prix légèrement supérieur aux sommes qu'ils rapportaient à leurs heureux détenteurs. Le Membre, comme par mégarde, jeta l'information sur la table du *Filioque*. Elle frappa beaucoup Éric.

– Ou bien c'est un maniaque, dit-il, un collectionneur fou qui en est venu, et c'est bien intéressant mais assez peu vraisemblable, à attacher plus d'importance aux instruments du hasard qu'à sa réalité, aux billets de tombola qu'aux lots qu'ils peuvent procurer ; ou bien...

– Ou bien... ? demanda Leila.

– Vous ne voyez pas ?

– Pas du tout, dit Leila.

– Pas du tout, dit mon grand-père.

– Pas du tout, répéta le Membre en écho.

– Ou bien, dit Éric sur le ton d'Œdipe en train de rouler le Sphinx, ou bien c'est la façon la plus simple de blanchir de l'argent sale.

La foudre tombait sur le *Filioque*, sur le veau Marengo au menu ce soir-là, sur le Groupe frappé de stupeur.

– Attendez ! s'écria le Membre.

Nous nous tournâmes tous vers lui.

– Attendez ! un détail me revient : la police brésilienne soupçonne un étranger d'être derrière le trafic des billets de loto.

Ce qui nous envahissait, c'était un mélange de surprise, d'excitation, de crainte, de bonheur fou. Le Groupe mordait sur le monde. Il traquait l'injustice. La Croix du Sud lui faisait signe.

73

– Eh bien..., dit mon grand-père.

– Bien sûr ! cria le Membre.

– Quoi, bien sûr ? demanda mon grand-père. Je n'ai encore rien dit.

– J'ai déjà tout deviné ! glapit le Professeur, au comble de l'énervement.

– Et alors ? demanda mon grand-père.

– Nous partons !

– Oui, dit mon grand-père. Pour Copacabana. Au nom de la justice et de la vérité.

CHAPITRE QUINZIÈME

Sous les pas d'un cheval – Porteurs d'espoirs et de valises – Lecture du Baedeker – La cause du pauvre et de l'orphelin – Le Country Club ne saute pas – Souvenir de Stefan Zweig à Petrópolis – Les favellas dansent la samba – Fureur d'Éric – Déception de Leila – Oui, monsieur ! Les valeurs.

Les billets pour le Brésil ne se ramassent pas, figurez-vous, sous les pas d'un cheval. Si étrange que ce puisse paraître, nous ne disposions d'aucun passage gratuit, aucun abattement ne nous était accordé. Et, Dieu seul sait pourquoi, aucune fondation ne nous subventionnait. Tout l'argent était drainé au bénéfice du C.C.C.C. Fier comme Artaban, le Groupe était pauvre comme Job. Adeline, Éric, Leila et moi, nous nous contentâmes d'accompagner jusqu'à Roissy l'irascible vieillard et le Membre en tenue de voyage. Ils portaient nos espoirs. Nous portions leur bagages. Dans la nuit qui tombait, ils s'envolèrent sous nos applaudissements pour défendre le pauvre et l'orphelin. Et, accessoirement, pour le Brésil.

Ils revinrent quinze jours plus tard avec des mines de vacances. Il n'y avait pas de journalistes. Mais nous étions là. Adeline avait apporté un appareil de photo.

– Mission accomplie ! cria le Membre du plus loin qu'il nous vit.

– Nous avons servi la cause, déclara mon grand-père avec sobriété.

La cause et la mission se confondaient, c'était une chance, avec le soleil sur la baie de Rio. Par bateau ou par avion, l'arrivée à Rio est un éblouissement. Bavardages ou lectures, je m'en doutais déjà, mais je fus heureux d'entendre le Professeur et l'irascible vieillard me le confirmer de leur bouche avec un enthousiasme qui faisait plaisir à voir. Le Corcovado, surmonté de son Christ, le Pain de Sucre, les plages successives de la baie et de ses environs – Flamengo, Botafogo, Copacabana, Ipanema, Leblon... –, les montagnes qui tombent dans l'eau, les courbes charmantes des côtes parsemées de flamboyants et de jacarandas en fleur – « Baedeker », me glissait Éric – font du premier contact avec la baie de Rio un spectacle enchanteur dont mon grand-père et le Professeur nous détaillèrent les beautés tout au long d'une bonne demi-douzaine de dîners du *Filioque*.

– Et la mission... ? demandait Éric.

Circonstance aggravante, le Membre était déjà venu à Rio dans sa première jeunesse. D'un bout du voyage à l'autre, il avait accablé mon grand-père de ses souvenirs d'enfance. Il recommença, béni soit le Seigneur, au bénéfice du Groupe dans sa totalité.

– Et la... ? soufflait Éric.

Il avait connu Rio, où les tours d'aujourd'hui forment une jungle serrée, avec un seul gratte-ciel : c'était l'immeuble du journal *A Noite*. Le pont de Niteroi, qui enjambe le fond de la baie, n'existait pas encore. Le quartier de Copacabana était déjà construit au temps où le jeune Amédée, encore ignorant de la suite des conciles – Nicée, Constantinople, Éphèse, Chalcédoine... –, allait se baigner, avec son père en poste à Rio, sur la plage du fameux Copacabana Palace, mais la longue plage d'Ipanema était encore presque vierge : seule s'élevait le long de la mer, dont les rouleaux meurtriers viennent s'abattre sur le sable, la maison basse du Country Club, qui est toujours debout et où la haute bourgeoisie vient déjeuner et se montrer.

– Vous n'avez pas été tentés, demanda Éric, de faire sauter ce débris d'un autre âge ?

– Ma foi ! non, répondit mon grand-père. Nous y avons dîné.

– Et la mission... ? demandait Éric.

L'irascible vieillard et le Professeur passèrent quelques jours à se promener dans un des décors marins les plus célèbres du monde. Ils prirent le téléphérique et grimpèrent sur le Pain de Sucre, ils visitèrent le vieux quartier du Largo do Boticario, aux couleurs délavées, protégé comme un musée, et le Jardin botanique, ils passèrent par Vista Chinêsa, d'où vous découvrez toute la baie, ils poussèrent jusqu'à Petrópolis, dans les montagnes au-dessus de la ville, où l'air est plus léger qu'à Rio et où, chassé par Hitler de cette vieille Europe qui lui était si chère, fatigué de mourir de désespoir à petit feu, Stefan Zweig se suicida avec sa femme en 1942.

– C'est du plus vif intérêt, dit Éric. Il y a même une touche d'émotion. Mais la mission... ?

Le cinquième jour, ou peut-être le sixième ou le septième, ils se mirent au travail. Le récit, c'était très étrange, devenait moins allègre, et peut-être un peu flou.

Confirmer les informations recueillies par le Membre ne demanda pas beaucoup de temps : les billets gagnants du loto étaient bien rachetés par Tapinoix. Au vu et au su des autorités de Rio. Juristes et financiers dûment consultés, il n'était même pas sûr que ce fût un délit. Ce qui était clair, en revanche, c'est que l'homme de haut mérite, il y a encore des gens pour se demander à quoi sert la culture, avait réussi à faire passer au Brésil les fonds détournés de la caisse de la Francophonie. L'irascible vieillard et le Membre purent constater qu'il menait en exil la vie la plus agréable. Il semblait entouré de la considération générale. Il était invité dans nombre de maisons brésiliennes, et souvent françaises. Il donnait des conférences qui faisaient concurrence à celles de l'Alliance française et deux metteurs en scène lui avaient proposé de tourner dans un film son propre rôle romancé. Il avait vendu à prix d'or à des journaux espagnols et italiens une photographie qui le montrait en train de plonger dans sa piscine avec des menottes aux poignets. Il était devenu une espèce d'attraction, la version moderne du clown noir, de Guignol en train de rosser le gendarme ou du prestidigitateur qui disparaît dans une malle coupée en deux par une scie. « À ma façon, disait-il, je sers notre culture et la francophonie. »

– Et vous voudriez, gronda Leila, laisser la violence au vestiaire !

– Vous avez raison, dit mon grand-père. On ne peut pas tout accepter. Nous avons été invités avec lui par un producteur de cinéma ami de la France et de la culture. Une maison dans les collines. Entourée de palmiers. Très bien. Très bon genre. Il était là. Plutôt sympathique, d'ailleurs, jovial – « N'en jetez plus », sifflait Éric –, plein d'anecdotes. Il nous a tendu la main. Nous nous sommes arrangés pour ne pas la serrer.

– En somme, murmura Leila, vous vous êtes rendus au Brésil pour éviter de lui serrer la main...

– L'important, dit mon grand-père, était de lui faire sentir notre réprobation.

Conscients de leur devoir, l'irascible vieillard et le Membre s'étaient aventurés dans les favellas, qui sont des bidonvilles répandus sur les collines, d'une pauvreté révoltante, hérissés d'antennes de télévision et où batailles et meurtres d'enfants sont de pratique courante. On leur avait indiqué les principaux carrefours, tout le monde les connaissait, du trafic des billets de loto. Ils avaient même assisté, au péril de leur vie, précisait le Professeur, à des négociations entre détenteurs de billets gagnants et émissaires de Tapinoix.

– J'espère, dit Éric avec fureur, que vous avez soulevé les favellas contre leur exploiteur ?

– Pensez-vous ! répondit le Membre. Adrien Tapinoix y jouit d'une popularité dont vous n'avez pas la moindre idée. C'est l'homme qui donne au hasard, si cher aux Cariocas, un coup de pouce supplémentaire. Il ne fait pas bon s'y frotter. Nous avions préparé des banderoles et des tracts ornés d'injures et de sa photographie. Les habitants des favellas ont découpé les photographies, jeté les injures à la poubelle et acclamé l'escroc en d'assez longs cortèges qui dansaient la samba.

Le Groupe se regarda avec consternation.

– Ah ! murmura Leila, et elle baissa la tête, la mission est un échec.

– Qu'est-ce qui vous fait croire cela ? dit mon grand-père. Tapinoix court toujours. Il a une belle maison, deux maîtresses, des domestiques en grand nombre, une Jaguar, une Bentley et une piscine où sénateurs et ministres et tout ce qui compte à Rio, y compris Ronald Biggs, le cerveau de l'attaque du train postal Glasgow-Londres, vient se baigner à l'heure du thé. Mais il y a quelque chose, ma petite Leila, qui s'appelle la morale, et le remords le mine. Ce qui fait la force du Groupe, c'est qu'il défend des valeurs.

– Les valeurs..., risqua Éric.

L'irascible vieillard l'arrêta d'un geste.

– *Yes, sir !* trancha-t-il. Oui, monsieur ! Les valeurs.

CHAPITRE SEIZIÈME

Plus de champagne au Filioque *– Gâtisme : devoir d'état – Éric prend les choses en main – Un joli monsieur – La Toison d'or.*

Le Groupe n'avait jamais roulé sur l'or. L'aventure brésilienne et la défense des valeurs portèrent un coup fatal à ses finances vacillantes. Sur la table du *Filioque*, la viande disparut comme par enchantement au profit de pommes de terre dont Adeline s'efforçait de varier l'aspect et le goût. Le champagne ne coulait plus à flots et le souci se peignait sur le visage de mon grand-père.

Ces préoccupations matérielles n'étaient pas seules à agiter le Groupe. Éric et Leila jugeaient avec sévérité les vacances du Membre et de l'irascible vieillard sur les plages de Flamengo et de Botafogo, à l'ombre du Pain de Sucre.

– Qu'ils soient gâteux, c'est leur droit le plus strict. Une sorte de devoir d'état. Mais qu'ils viennent nous faire chier à longueur de dîner avec des conneries touristiques et moralisatrices...

Et il se mettait à siffler sur deux tons en se passant la main au-dessus de la tête.

— Croient-ils vraiment avoir joué un rôle à Rio ou font-ils semblant pour nous amuser ? Qu'est-ce que tu penses ?

Je ne pensais rien du tout. Je restais bouche bée. Mon grand-père vivait dans une espèce de rêve qu'il ne distinguait pas de la réalité. Et le Professeur unissait une naïveté dont il était impossible de deviner si elle était feinte à un vrai savoir et à une idée un peu pompeuse de sa personne et de son œuvre. J'aimais beaucoup mon grand-père. Je ne voulais pas qu'Éric le méprisât, je ne voulais pas qu'il lui fît du mal.

— Tu sais, lui dis-je, ils sont vieux.

— C'est vrai, me dit-il. J'aime beaucoup ton grand-père. Mais il est vieux. Il faut que ce soit nous qui prenions les choses en main.

Il les prit. Avec fermeté. C'était l'époque où se déroulait un procès accablant contre un ancien indicateur de la Gestapo qui avait sauvé sa peau en se vendant à Staline et aux staliniens. Méprisé de tous, commode pour tous, toujours prêt à rendre service, et d'abord à lui-même, ce joli monsieur était très habile à mêler finances et politique et il avait monté une affaire de diamants et de pierres précieuses qui servait de paravent à une plaque tournante bancaire entre l'Est et l'Ouest. Le dispositif juridique et financier était si bien monté que le procès eut le plus grand mal à dévoiler des irrégularités sans nombre qui ne faisaient de doute pour personne mais dont les preuves s'évanouissaient avec une constance digne d'une meilleure cause. L'affaire du joli monsieur avait pignon sur rue, à Paris,

place Vendôme. Exactement entre le Ritz et le ministère de la Justice.

– Tout un symbole, ricanait Éric.

La boutique, où brillaient diadèmes et bracelets,
s'appelait La Toison d'or. C'est là qu'Éric décida de frap-
per.

CHAPITRE DIX-SEPTIÈME

L'opération Toison d'or – Préparation psychologique
– La vaisselle de Leila – La lavande de Mme Potin –
Calcul d'abattements et rumeur d'Austerlitz – Mon
grand-père prêt à tout – Quatrième et dernière phase –
Génie manœuvrier d'Éric.

L'opération Toison d'or, qui m'amusa à la folie et qui fit en son temps les gros titres à la une, demanda une préparation psychologique assez longue. Psychologique ? Qu'est-ce que ça veut dire ? Ça veut dire qu'il fallut incliner peu à peu l'irascible vieillard et le Membre à un casse dans les règles. Ils n'étaient pas vraiment familiers de tout ce genre de choses. Nous les y amenâmes avec délicatesse.

Peut-être est-il nécessaire de souligner, bien que mon grand-père n'y attachât pas d'importance, que nous étions la majorité. Douée d'un sens aigu de la communication et du rapport des forces, Leila avait proposé de mettre Adeline dans le coup.

– Adeline, lui dit-elle un soir de *Filioque* en faisant la

vaisselle, tu trouves ça normal, toi, que des gens mal-
honnêtes et méchants aient presque tout et que les honnêtes gens n'aient presque rien ?

– Pour sûr que non, dit Adeline.

– Si on leur reprenait ce qu'ils ont pris, tu crois que ce
serait mal ?

Adeline réfléchit quelques instants avec intensité.

– Je ne crois pas, dit-elle. Je crois que ce serait justice.

Leila posa l'assiette qu'elle était en train d'essuyer et
embrassa Adeline.

– Tu es des nôtres, lui dit-elle.

Psychologie, ô mes délices ! La préparation avait fonc-
tionné à merveille avec Adeline. Nous étions maintenant
quatre contre deux : Éric, Leila, Adeline et moi contre
l'irascible vieillard et le Membre, qui jouaient à l'écarté
en évoquant Vista Chinêsa et le Jardim Botanico.

C'est moi qui déclenchai la deuxième phase de la préparation d'artillerie. Non sans habileté, j'ose le dire.

– Grand-père, lui demandai-je, les paysans de votre
temps, c'étaient des gens comment ?

– Quel drôle de question ! me dit-il. C'étaient des gens
merveilleux. Ils aimaient la terre, ils faisaient du bon
pain, ils nourrissaient leurs vaches avec un produit dont
on ne connaît plus que le nom : c'était de l'herbe. Ils
étaient honnêtes et durs à la tâche. Ils croyaient en Dieu
et à la patrie. Ils avaient beaucoup d'enfants. C'est eux
qui ont gagné la guerre de 14.

– Et les commerçants, de votre temps, ils étaient aussi
honnêtes que les paysans ?

– Ah ! eh bien... oui... Les commerçants étaient des
gens honnêtes. Je me rappelle que ma grand-mère, ce
n'est pas hier, Junior, me parlait toujours d'une épicière

qui était aussi mercière et qui s'appelait... attends un peu... Madame... Madame... Ah ! Madame Potin, je crois. Il y a bien longtemps que je n'ai plus pensé à elle. Ma grand-mère lui achetait du miel, des épingles de nourrice et des sachets de lavande qu'on mettait, je me rappelle, dans les chemises de mon grand-père. C'était... je ne sais pas, moi : bien avant la Première Guerre... Je crois que ma grand-mère l'aimait beaucoup.

– Ah ! dis-je d'un ton hypocrite, les choses ont bien changé...

Même pour mon grand-père, j'y avais été un peu fort. Il me regarda d'un drôle d'œil.

– Qu'est-ce que tu as, Casimir ? Tu es malade ?

– Non, non, répliquai-je très vite. Simplement, il y a des choses qui me révoltent.

Et je lui racontai l'histoire du joli monsieur à La Toison d'or.

– Tu as raison, me dit-il, c'est écœurant.

Je pensai qu'il fallait enfoncer le clou.

– Et je suis sûr que ces gens-là ne paient même pas d'impôts.

Cette assertion, où se mêlaient avec bonheur finance et sociologie, eut un effet immédiat. Je vis mon grand-père serrer les poings. Il frappa sur la table.

– Qu'est-ce que tu veux que je te dise ? gronda-t-il. C'est l'époque qui veut ça. Quand on pense à ce que nous payons...

Et mon grand-père partit dans une de ces longues rêveries, faites de calculs sordides mêlés à de larges fresques historiques, dont il sortait malheureux et prêt à tous les excès. La deuxième phase de la préparation psychologique avait dépassé mes espérances.

– À toi, soufflai-je à Éric.

Il attendit quelques minutes, tranquille, les yeux dans le vague, une cigarette aux lèvres, le temps que mon grand-père émergeât de ses calculs d'abattements et de la rumeur d'Austerlitz.

– Le gouvernement..., commença-t-il.

– Ah ! ça, vous pouvez le dire, éclata mon grand-père. Qu'est-ce qu'ils font, au gouvernement ? Je vous le demande ? Dites-moi, mais dites-moi donc, dites-moi donc ce qu'ils font ? Si vous le pouvez, bien entendu, ajouta-t-il avec un rire à ébranler Matignon.

– C'est ce que j'allais vous demander, dit Éric sur le ton le plus calme. C'est la question même que j'allais vous poser : qu'est-ce qu'ils font ?

– La réponse est : rien, dit Amédée Barbaste-Zillouin, qui se réveillait à peine, extrêmement droit sur sa chaise, d'un bref sommeil réparateur.

– Je ne vous le fais pas dire, constata Éric. Il me semble que la question qui se pose, c'est celle-ci : ne faudrait-il pas, je ne sais pas, qu'en pensez-vous ? faire quelque chose à sa place ?

Et il se tut.

La préparation psychologique frayait lentement son chemin dans l'esprit du Professeur et de l'irascible vieillard. La troisième phase se développait selon les plans établis et déroulait dans les âmes, entre rancœurs et passions, ses anneaux meurtriers.

– Pour ma part, dit mon grand-père en se cramponnant à sa chaise dont on avait l'impression qu'il allait jaillir comme un boulet, je suis prêt à tout.

– À tout ? demanda Éric.

– À tout, dit mon grand-père.

– Je vous rappellerai ces mots-là, dit Éric avec un bon sourire.

Le talent de mon ami ne s'était encore déployé qu'à moitié. Il avisa le Professeur en proie à une béatitude due sans doute au souvenir des pommes de terre en robe de chambre préparées par Adeline avec un peu de fromage à la crème et aux herbes et il lui lança tout à trac :

– Vous connaissez *Les Débats de ce temps* ?

Le cœur du Professeur se mit à battre la chamade. S'il connaissait *Les Débats de ce temps* ! C'était là qu'un personnage répugnant, du nom d'Arsène Donnay, que le ciel lui tombe sur la tête, avait commis le crime le plus impardonnable contre la Biquette, qui ne lui avait rien fait. Il avait traîné la pauvre bête dans la boue, il l'avait abreuvée de moqueries et d'insultes, il l'avait laissée sur le bord du chemin, pantelante et à moitié morte.

– Oui, dit-il d'une voix faible. Je les connais.

– C'est amusant, dit Éric. Vous savez qui est le propriétaire de cet abominable torchon, et qui le dirige d'ailleurs, plus ou moins en sous-main ?

Formé à l'école de Sun Tse, de Guibert, de Jomini, de Clausewitz, de Léon Trotski, fondateur de l'Armée rouge, et de Mao Tsé-toung, le génie stratégique d'Éric éclata au terme de cette quatrième et dernière phase de la préparation psychologique. Je le regardais avec admiration. Il régnait sur le Groupe, il le manœuvrait à son gré.

– Non, soupira le Membre.

– C'est amusant, répéta Éric. C'est le joli monsieur dont Casimir a parlé tout à l'heure. C'est le propriétaire de La Toison d'or.

CHAPITRE DIX-HUITIÈME

*Le neveu de la gardienne – Théâtre d'Éric – Sa feinte
indifférente – Une lettre de Grégoire le Grand sur les
iconoclastes – Les mots et les choses – Opération
commando – Le rire de mon grand-père – Il invite Éric
à s'asseoir.*

L'hostilité monta lentement contre La Toison d'or.
Pendant trois ou quatre dîners, il ne fut question de rien
d'autre. Le Corcovado et le Pain de Sucre s'enfonçaient
dans les flots de Guanabara la superbe. L'archevêque et
sa maîtresse avaient rejoint le capitaine : ils étaient à peu
près comme s'ils n'avaient jamais existé. Adeline, en
artiste consommée, non seulement du fourneau mais de
la conspiration, glissait, en passant les plats, à mon grand-
père et au Membre :

– J'ai encore vu chez le fromager mon amie qui est
gardienne au 59 rue Madame. C'est la tante d'un chasseur du Ritz. Il lui raconte des choses affreuses sur le propriétaire de La Toison d'or.

– Tiens ! disait mon grand-père, n'est-ce pas le personnage dont...

– C'est lui-même ! m'écriai-je. Quelle horreur, ce type !

– Comment peut-on laisser de telles ordures empoisonner notre atmosphère ? gémissait sourdement le pauvre père de Biquette, assassinée au coin d'un bois.

– Que voulez-vous ? disait Éric en agitant sa main avec une sorte de négligence mêlée d'indifférence. Il n'y a rien à faire. Il n'y a qu'à fourrer toutes ces ignominies dans les grandes poches de l'histoire de ce temps. Et notre mouchoir par-dessus.

– C'est ça ! explosait mon grand-père. Laissez faire, laissez passer : c'est la devise de notre époque. Vous vous fichez de tout, n'est-ce pas ? Eh bien, moi, mon petit Éric, il y a des choses, figurez-vous, que je n'accepte pas.

– Que vous n'acceptez pas ? disait Éric.

– Vous le savez bien, disait mon grand-père.

– C'est vrai, disait Éric. Il y a quinze jours ou trois semaines, vous vous disiez même prêt à tout...

– Je le suis toujours, n'en doutez pas.

– Ah ? bon ! disait Éric. Eh bien, la semaine prochaine, si vous me le permettez, je vous proposerai quelque chose qui vous amusera peut-être.

La semaine passait. Le mercredi suivant, dès le début du *Filioque*, la conversation se mit à rouler sur les iconoclastes. Elle dura tout le dîner. Le café arriva. Nous nous levâmes, l'esprit encore tout plein de la querelle des images. Le Membre avait à peine fini de nous réciter la si belle lettre du pape Grégoire le Grand à Serenus, évêque de Marseille, qui avait fait briser, vers l'an 600, toutes les images de sa ville : « Nous te louons d'avoir interdit

90

qu'on adore les images, nous te blâmons de les avoir détruites. Autre chose, en effet, est d'adorer une peinture, et autre chose d'apprendre par une scène représentée en peinture ce qu'il faut adorer. Car les peintures sont la lecture de ceux qui ne savent pas les lettres... », que mon grand-père se tourna vers Éric.

– Dites-moi, mon vieux, vous ne nous aviez pas annoncé une gâterie pour ce soir ?

– Une gâterie ?

– Oui, je ne sais plus, j'avais l'impression que c'était un article contre le gouvernement, ou quelque chose comme ça... Vous avez oublié ?... Vous ne voyez pas ?

– Non, je ne... Ah ! oui, ça me revient... Oh ! c'était beaucoup plus simple que ce que vous imaginez. Une sorte de manifestation.

– Dans la rue ?

– Oui... en quelque sorte... dans la rue... Mais avec discrétion.

– Moi, vous savez, dit mon grand-père, les manifestations..., je n'en suis pas friand.

– Vous aimerez celle-là, dit Éric.

– Vous croyez ?

– J'en suis sûr.

– Clovis ? Saint Louis ? Jeanne d'Arc ? La mémoire de Louis XVI ou de Marie-Antoinette ?

– Pas vraiment, dit Éric.

– Ma langue au chat, dit mon grand-père.

– Une opération commando, dit Éric, l'air très strict.

Comme prévu, les mots : *opération commando* firent le meilleur effet sur mon grand-père. Il aurait détesté les mots : *émeute, cambriolage, hold-up, attaque à main armée.* Il adora les mots : *opération commando.* Ils agis-

91

saient sur ses passions malheureuses, sur ses rêves de hussard comme un baume sur une plaie à vif.

– Ah ! ah ! jeune homme ! Une opération commando ! Voyez-vous ça !... C'est tout simple ! Et où donc, je vous prie ?

– À Paris, dit Éric avec des grâces de jeune fille.

– Tiens donc ! À Paris ? Vous ne vous mouchez pas du pied ! Vous auriez dit Marseille ou Ajaccio, j'aurais encore compris. Mais Paris ! Et à quel endroit, dans Paris ? Élysée ? Matignon ? Palais Bourbon ? Tour Eiffel ?

Et mettant sa main sur l'épaule de mon ami, mon grand-père éclatait d'un bon rire.

– Place Vendôme, dit Éric.

Le rire de mon grand-père s'arrêta net.

– Place Vendôme !

– La Toison d'or, lâcha Éric.

Pendant de longues secondes, immobile et muet, les bras ballants, mon grand-père regarda Éric.

– Asseyons-nous, lui dit-il.

CHAPITRE DIX-NEUVIÈME

*Une discussion privée – Le rythme s'accélère – Le
champagne est de retour – Pas de discours, et un discours – Une organisation révolutionnaire et secrète –
Toujours justice et vérité – La règle est qu'il n'y a pas de
règle – À l'unanimité sans vote.*

Ils parlèrent toute la nuit. Je les regardais de loin. Ce
n'était pas pour les enfants. Je tenais la jambe au Professeur.

– Mais qu'est-ce qui se passe ? me demandait-il.

– Oh ! rien, lui répondais-je. Je crois qu'ils font des
projets de vacances.

– Allons les voir, disait-il.

Et il faisait mine de se lever.

– Non, non, m'écriais-je. J'ai peur que ce ne soit un
peu compliqué. Ils ne veulent pas qu'on les dérange.

Et je le repoussais dans son fauteuil.

Leila et Adeline nous apportaient deux tasses de ver-
veine ou de menthe. Je finissais, pour l'occuper, par pro-

poser une partie d'échecs au Membre qui ne tenait plus en place. Elle nous prit un bon bout de temps.

Je venais à peine d'être fait mat par le Professeur, qui avait joué une sicilienne avec beaucoup de brio, que mon grand-père venait vers nous. Le jour ne se levait pas encore, mais il ne devait plus être très loin.

– Nous avons à parler tous les six, nous dit-il.

– Il est bien tard, gémit le Membre.

– Vous avez raison. Mais nous ne pouvons pas attendre la semaine prochaine. Je propose que le Groupe, désormais, se réunisse plus souvent. Nous sommes jeudi matin. Voyons-nous vendredi.

Éric et Leila inclinèrent la tête, le Membre grogna en signe d'acquiescement. Et tout le monde alla se coucher.

Le lendemain, le Groupe était à nouveau réuni au complet. Le luxe était de retour : au beau milieu de la table, qui avait entendu tant de discours sur les ariens, les nestoriens, les Wisigoths d'Espagne et les iconoclastes, trônait une bouteille de champagne, ou peut-être de mousseux.

Mon grand-père prit son couteau et en frappa son verre. Tout le monde se tut. Adeline, qui était en train de nous verser un petit muscadet, interrompit son manège et s'assit parmi nous.

Mon grand-père se leva.

– Messieurs, commença-t-il avec un peu de solennité, mesdames et messieurs, nous ne sommes pas ici ce soir pour discuter des deux natures du Christ, du statut de la Vierge, du bien-fondé des images ni du sexe des anges. Nous sommes ici pour organiser une opération commando. Elle prendra la forme d'une attaque à main armée au cœur même de Paris.

– Qu'est-ce qu'il raconte ? me souffla le Membre qui était, comme d'habitude, assis auprès de moi.

– Je crois, répondis-je à voix basse avec un peu de perfidie, qu'il va annoncer une opération de représailles contre *Les Débats de ce temps*.

– Contre... Ah ! très bien, murmura le Membre.

– Nous avons longuement discuté, Éric et moi, des buts du Groupe et de son destin. Nous sommes tombés d'accord. Je viens soumettre à votre approbation quelques points essentiels. Le premier : « Le Groupe est une organisation révolutionnaire secrète. Il lutte pour plus de justice contre une société sans principes. »

Nous applaudîmes très fort. Adeline arborait un sourire radieux. Le Membre se tourna vers moi :

– « Sans principes » est très bien, me dit-il.

Et, comprenant ce qu'il voulait dire, je lui serrai la main.

– Deuxième point : « Le Groupe n'a ni statuts, ni chef, ni règles, ni appareil directeur, ni organisation administrative. Il est indépendant de toute attache. Il respecte les opinions et croyances diverses de ceux qui le constituent. » Un mot d'explication là-dessus. Je suis monarchiste et partisan d'un régime autoritaire. Je crois savoir que mon ami Éric – et il tendit le bras vers lui en un geste un peu théâtral – est plutôt... comment dire ?... de sensibilité de gauche...

– Je suis trotskiste, coupa Éric avec calme.

– Voilà : il est trotskiste...

– Qu'est-ce que ça veut dire ? me demanda le Membre en se penchant vers moi.

– Je ne sais pas bien, soufflai-je. C'est un rouge.

– J'ignore tout à fait les opinions de notre distingué Professeur : je les imagine modérées...

– Modérées, mais très fermes, glapit le Membre.

– Tous ces détails n'ont aucune importance. Le Groupe travaille, dans sa diversité, à la vérité et à la justice. Il n'a pas de chef. Nous proposons qu'Éric et moi assumions la direction des opérations militaires où la discipline est de rigueur.

Nous applaudîmes. Le Membre crut devoir se lever pour aller serrer la main d'Éric et de l'irascible vieillard.

– Merci beaucoup. Troisième point : « Le Groupe prend à l'unanimité de ses membres les initiatives de son choix. Il lance des opérations clandestines sans en référer à aucune autorité autre que la sienne propre. La loyauté et le secret sont exigés de ses membres. »

– Je suis d'accord, dit le Membre d'un ton grave. Il y a des gens avec qui il est inutile de vouloir discuter et qu'il faut savoir mettre au pas.

Je lui balançai un clin d'œil.

– J'ai pourtant une question, reprit le Membre.

– Parlez, dit mon grand-père.

– La notion d'unanimité ne suppose-t-elle pas des votes ?

– Il n'y a pas de votes, dit mon grand-père. C'est la règle.

– Je croyais qu'il n'y avait pas de règles ? dit le Membre.

– Il n'y a pas de règles, dit mon grand-père d'un ton sec. C'est la règle. Et il n'y a pas de votes non plus. Nous ne voulons pas de pagaille. Et n'essayez pas d'en introduire et de troubler par des questions insidieuses un débat qui se déroule dans l'ordre et la sérénité. L'unanimité du Groupe doit se dégager sans vote.

– Et sans règles, ajoutai-je, impatient de mettre mon

grain de sel dans une discussion qui me semblait devoir beaucoup aux idées que j'avais lancées moi-même il y avait peu de temps.

– Bravo, Junior ! me dit mon grand-père avec son bon sourire. Pas de règles : c'est la règle. Pas de votes : l'unanimité se fait d'elle-même. Pas de chef : c'est Éric et moi qui commandons. Tout est clair ?

Nous applaudîmes encore. Adeline se leva, versa du champagne dans quatre verres à pied et dans deux verres à dents et les distribua à la ronde. Nous bûmes à la santé du Groupe et de ses opérations clandestines.

– Prochaine réunion : lundi, dit mon grand-père. Nous discuterons des modalités de la première opération commando décidée par le Groupe à l'unanimité de ses membres.

CHAPITRE VINGTIÈME

*Des armes retournées – Les recettes de Leila – Six
heures moins deux – Une pierre unique – Retour aux
vieilles recettes – Un profil de médaille – L'ombre de
Gabin – Plus bouillant qu'Achille et plus subtil
qu'Ulysse.*

Pour servir la justice contre La Toison d'or, nous
avions d'abord pensé, je dois le noter ici par respect pour
cette vérité qui nous était si chère, à une forme ou une
autre d'escroquerie. Les armes des méchants, nous expli-
quait Éric, il faut les retourner contre eux. Mon grand-
père approuvait : il ne connaissait pas toutes les strophes
de *L'Internationale*, il ne distinguait pas derrière les
méchants les ombres des généraux évoqués par Éric.

Leila avait une connaissance encyclopédique, je ne sais
pas d'où elle la tenait, de toutes les variétés de récupération sans violence. Elle nous en proposa une batterie très
complète. La première était toute simple. Mon grand-
père poussait la porte de La Toison d'or un vendredi soir,
un peu après cinq heures et demie. Il demandait à voir

des pierres. Il en choisissait une. Il traînait encore un peu. Il préparait un chèque. Voyant le vendeur hésiter et regarder sa montre, il lui disait :

– Ah ! oui, c'est vrai... Nous sommes vendredi soir... Voici mon nom. Voici mon adresse. Voici le numéro de téléphone de ma banque, Lazard frères, 121 boulevard Haussmann. Téléphonez donc et demandez-leur si la provision de mon compte suffit à couvrir l'achat.

Le vendeur téléphonait. Il obtenait la banque Lazard. Elle assurait que le compte était largement créditeur. Le vendeur prenait le chèque. Mon grand-père prenait la pierre, saluait et s'en allait. Il était six heures moins cinq.

Trois minutes plus tard, l'important était d'avoir des montres qui ne battaient pas la breloque, au moment où le vendeur allait fermer boutique, le téléphone sonnait. C'était encore la banque Lazard. Mais cette fois-ci sous les espèces d'Éric. Il se présentait : le directeur adjoint. Il indiquait, d'une voix un peu nerveuse, que le compte de mon grand-père avait été vidé une demi-heure plus tôt et qu'il venait tout juste d'être prévenu.

Le vendeur, affolé, téléphonait à la police. Le samedi matin, à l'aube, mon grand-père était arrêté. Il protestait de son innocence, jurait, tempêtait. Le lundi matin, la police et le bijoutier se rendaient à la banque Lazard. Elle confirmait que le compte était bien approvisionné : elle était prête à payer rubis sur l'ongle.

Le vendeur bredouillait, s'excusait, faisait état du coup de téléphone reçu à dix-sept heures cinquante-huit.

– Quel coup de téléphone ? demandait la banque Lazard.

– Quel coup de téléphone ? demandait l'irascible vieillard.

Il attaquait La Toison d'or et empochait, pour retirer sa plainte, une indemnité qui ne prêtait pas à rire.

– C'est idiot, disait mon grand-père. C'est une escroquerie pour escrocs riches. Comment voulez-vous que mon compte soit approvisionné où que ce soit ?

Une deuxième formule de Leila, parmi beaucoup d'autres, était plus brillante encore. Mon grand-père se rendait à La Toison d'or, demandait à voir des pierres, les trouvait toutes médiocres, réclamait ce qu'il y avait de mieux. On finissait par lui apporter un solitaire d'une pureté et d'un éclat exceptionnels.

– Pièce unique, disait le vendeur.

– Je la prends, disait mon grand-père.

Il signait un chèque. Le chèque était au-dessus de tout soupçon.

Dix jours plus tard, mon grand-père revenait.

– Ma femme a beaucoup aimé votre pierre. Elle a envie d'une paire de boucles d'oreilles. Avez-vous une autre pierre identique à la première ?

Non, répondait le vendeur, la pierre était unique. Il doit bien y en avoir une autre à travers le vaste monde, répliquait mon grand-père. Il faut chercher, disait le vendeur. Cherchez, mon ami, cherchez. À quel prix ? N'importe quel prix.

Six mois plus tard, le vendeur téléphone. Ah ! répond Adeline, ou Leila, ou moi, l'irascible vieillard – qui se promène, bien sûr, tranquillement à Paris – est parti pour l'Australie. Ennuyeux, dit le vendeur, nous avons trouvé une pierre presque identique à la première. Mon grand-père, alerté, téléphone d'Australie – c'est-à-dire de la rue de Fleurus. Allô ! Allô ! Vous m'entendez bien ? Bon. Alors, quel prix ? Cher, répond le bijoutier. Très cher. Achetez, ordonne mon grand-père, achetez. J'arrive.

Il n'arrive jamais : la deuxième pierre est la première que, par personne interposée, il a revendue au vendeur en empochant le bénéfice.

– Très bien, disait mon grand-père. Mais trop long, trop compliqué. Après un coup comme celui-là, il faut évidemment disparaître. Je ne suis pas si mal rue de Fleurus. J'ai connu mieux. Mais ça va. Je n'ai pas envie de partir pour l'Uruguay ou pour la Nouvelle-Zélande. Et toujours la même question : où prendre l'argent nécessaire pour acquérir la pierre au départ ? C'est à croire que tous les escrocs sont déjà riches avant même leurs escroqueries.

On en revenait à des méthodes plus classiques et plus simples. Elles plaisaient davantage à mon grand-père.

– Regardez-moi, nous disait-il au *Filioque*. Ai-je une gueule d'escroc ?

Nous nous récriions tous. Une gueule d'escroc ! Une figure de condottiere, oui. Un profil de médaille. Un visage de reître, de soudard, d'aventurier. On allait attaquer La Toison d'or selon les bonnes vieilles recettes. Avec des ruses de Sioux, la nuit, le visage caché sous des cagoules ou sous des bas de soie, des pistolets au poing. À la hussarde. À la française. Une *Marseillaise* du casse, une *Madelon* des braqueurs résonnaient en silence dans le cœur de mon grand-père.

– À la bonne heure ! disait-il.

Et il rêvait de Montand, de Gabin, de Ventura dans des fric-frac bien de chez nous, de Bayard sous son arbre, de Charette sur la Loire, du maréchal de Mac-Mahon à Malakoff et à Magenta, de Condé à Rocroi.

Mais, plus bouillant qu'Achille et plus subtil qu'Ulysse, le Groupe allait trouver mieux.

CHAPITRE VINGT ET UNIÈME

*Partialité et bassesse de la télévision – Une idée me
vient – Comment violer la loi en toute impunité – Dis-
cussion sur le premier et le deuxième degré – Casting –
Le couple Gabin-Ventura dans des archives virtuelles
– Quatre déesses : Arletty, Bardot, Morgan, Deneuve
– Un film qui n'est rien d'autre que son tournage.*

C'est le Membre, je crois, qui nous mit sur la piste. Pour
les raisons que vous savez, il détestait les journaux qui tour-
mentaient sa Biquette, la radio qui la dédaignait, la télévision qui l'ignorait. Il avait fait des pieds et des mains pour
pouvoir parler d'elle avec l'estime et l'affection qu'elle
méritait à *Lectures pour tous* ou à *Apostrophes*. Toujours
en vain. La haine qu'il portait aux critiques, il l'étendait à
la télévision. Elle était la partialité et la vulgarité mêmes,
elle abêtissait les esprits, elle préférait le football au libertinage érudit qu'il illustrait mieux que personne.

– C'est bien, me répétait-il, de punir La Toison d'or et
Les Débats de ce temps. C'est bien. C'est très bien. Il fau-
drait aussi s'attaquer à la télévision.

À force de l'entendre associer la télévision à l'opération contre La Toison d'or, un semblant d'idée me passa par la tête. Je la confiai à Éric. Il en discuta avec l'irascible vieillard. Elle eut la chance d'amuser Adeline et d'enchanter Leila. Elle finit par être adoptée par le Groupe à l'unanimité. Sans vote, bien entendu.

C'était une idée si simple que j'ai presque honte de l'exprimer. Elle consistait à attaquer La Toison d'or en plein jour, en pleine lumière, avec beaucoup de bruit et sous les yeux d'un public aussi vaste que possible. Il y avait un moyen, qui me paraissait infaillible, non seulement de faire accepter l'opération par la foule, mais de la faire acclamer : c'était de la présenter comme la séquence d'un film en train d'être tourné pour la télévision ou pour le cinéma. Tout ce qui est interdit au simple particulier, de rouler à tombeau ouvert sur les Champs-Élysées, de grimper à la tour Eiffel, de se promener tout nu dans la rue, de défier la loi et les bonnes mœurs, est permis à la caméra.

Nous n'eûmes pas beaucoup de mal à dénicher de ces masques qui représentent des acteurs ou des hommes politiques. Nous hésitâmes un peu sur le choix de nos personnages. J'aurais voulu que Depardieu fût joué par mon grand-père et Deneuve par Leila. L'irascible vieillard tenait beaucoup à Gabin.

– Je lui ressemble, disait-il.

Et ce n'était pas faux.

Il me semblait très risqué de se laisser aller aux délices du deuxième degré et de filmer des acteurs morts, nécessairement interprétés par des acteurs vivants. Si la curiosité des badauds s'éveillait tout à coup et s'ils voulaient savoir qui jouait le rôle de Gabin ou de Ventura ? Leila m'opposa un argument très fort : quelle que soit la perfection des masques d'aujourd'hui, il y avait toujours un risque que la ressemblance avec Depardieu ou avec Deneuve laissât un peu à désirer. Avec des acteurs disparus, tout danger s'évanouissait : ils étaient évidemment joués par des acteurs déguisés et grimés. Les avantages du deuxième degré l'emportaient sur ses inconvénients. Le sort en était jeté : notre film serait un pastiche, une espèce de film dans le film, ah ! comme c'était moderne, ou plutôt, c'était plus moderne encore, une absence de film dans une absence de film et un hommage aux grands acteurs du passé.

L'irascible vieillard fut donc changé en Gabin. Avec un succès, je dois l'avouer, qui touchait au miracle. La ressemblance était étourdissante. Mon grand-père se piquait au jeu : il se mettait à parler comme Gabin, à marcher comme Gabin, à tenir comme Gabin la serviette de cuir qui allait si bien nous servir.

J'avais pensé que le Membre pourrait être Belmondo ou Delon. Une fois de plus les morts l'emportèrent sur les vivants. Un soir, dans mon esprit, il avait été James Stewart. Il se mua en Montand.

On l'avait laissé choisir, à vrai dire, entre Montand et Ventura. Le couple Gabin-Ventura avait quelque chose de mythique que j'aurais aimé pouvoir inscrire, en virtuel, dans les archives du Groupe qui se gardaient bien d'exister. Mais, par faiblesse ou par erreur, le Membre avait vu à la télévision, qu'il regardait si rarement, Yves Montand parler de la crise.

— Il y avait un intellectuel chez cet homme-là. J'aimerais bien...

Va pour Montand. Éric ne fut pas un acteur. Puisqu'il

fallait entrer dans la fiction, il s'y jeta à cœur perdu : en Narcisse inversé, plus naturel que nature, il se grima en flic. Le maintien de l'ordre constituait une pièce maîtresse de notre opération. Et une tâche qui exigeait autorité et talent. On verra tout à l'heure comment il s'en tira.

Mon haut-parleur à la main, j'étais le metteur en scène, le directeur de production, le cameraman, le preneur de son. Au mépris des conventions syndicales, je cumulais tous les rôles. J'avais une assistante, une script, une sorte de *go-between* chargée de faire le lien entre les acteurs et moi : c'était Adeline. Adeline avait des tresses, des lunettes, un nez pointu, un carnet de notes. J'avais une casquette à l'envers et un crâne dégarni d'où pendaient des cheveux sales.

Restait Leila. Je ne voyais que trois mythes – et ils étaient vivants tous les trois – capables d'en imposer à la foule : Michèle Morgan, Brigitte Bardot, Catherine Deneuve. Dieu sait si j'aurais aimé rendre hommage à Arletty, à Bernadette Lafont, à Maria Casarès, à Françoise Fabian, à tant d'autres ! Arletty aurait été magnifique entre l'irascible Gabin et Yves Montand, de l'Institut. Si elle avait pu prononcer quelques mots de sa voix sans égale pour célébrer l'occasion, genre : « Ils savent tout, mais rien de plus » ou « Mon cœur est français, mais mon cul est international », mon bonheur, je l'avoue, eût été à son comble. Les choses changent pourtant si fort et l'oubli vient si vite que je n'étais pas tout à fait sûr que son apparition place Vendôme suffît à museler les badauds. Il fallait qu'ils tombent raides et que, perdant toute conscience, ils ne pensent plus à rien.

Bardot, évidemment. Leila n'était pas très bonne dans Bardot. Elle faisait mijaurée, petite chose. J'eus peur que la foule ne voulût la toucher. Qu'on ne lui présentât des chats, des chiens, des mulets de montagne ou des phoques à bénir. Je craignais comme la peste des familiarités qui auraient ralenti le mouvement. Il fallait, à tout prix, pour des raisons évidentes, que le film fût rapide. Et l'action, très enlevée. Morgan était trop lente, trop posée, trop hiératique. Elle avait les yeux trop bleus. C'était une maîtresse de militaire. C'était une femme de pasteur. Sous des cheveux très blonds posés sur ses cheveux noirs, avec des lentilles couleur du temps sur ses grands yeux si verts, vive, rapide, aventureuse, capable de tout, Leila fut superbe en Deneuve.

L'affiche était éblouissante. Le tournage pouvait commencer. Il se confondait avec le film : il était le film lui-même.

Sept minutes place Vendôme – Un petit vent de nord-
ouest – Gyrophares et sirènes de la vulgarité – Entraî-
nement en forêt – Des siècles de Fronde et de chouan-
nerie – Servir – Premières armes dans la Révolution –
Nelson à Trafalgar – Un cabinet de nécessité – En
voiture pour Hollywood.

Nous débarquâmes place Vendôme un mercredi de la
fin de juillet sur le coup de midi. Il faisait beau. Avec un
petit vent de nord-ouest. Le commandement, comme
prévu, était passé entre les mains d'Éric et de l'irascible
vieillard. Nous étions venus dix fois, et de jour et de nuit,
repérer le décor.

– Vous aurez sept minutes, pas une de plus, avait
décrété mon grand-père. Deux minutes de mise en place
des voitures et de la caméra. Quatre minutes d'action.
Une minute pour vous replier.

L'important était la logistique – c'est-à-dire les voitures. Nous en avions deux, dont une aux vitres teintées :
ce n'était pas la peine d'attirer, tout au long du trajet,

l'attention des passants mâles sur Catherine Deneuve ni celle des manucures et des secrétaires-dactylographes sur un Gabin ressuscité. Les plaques, bien sûr, étaient bidon. Éric conduisait la voiture aux vitres teintées et je conduisais l'autre.

Les deux voitures étaient couvertes de banderoles et d'inscriptions en lettres géantes. Nous avions choisi, au hasard, TF1, dont le sigle est simple et fort, et Metro-Goldwin-Mayer, dont le lion ensommeillé n'a pas fini de rugir dans nos mémoires à tous. Pour faire bonne mesure, nous avions ajouté R.T.L. et Europe n° 1 qui font toujours de l'effet et qui ne mangent pas de pain. Nous avions des sirènes et des gyrophares bleus comme de vulgaires présidents de conseil général.

Deux ou trois semaines de suite, nous nous étions entraînés dans les bois de Marly et dans la forêt de Fontainebleau. Descendre de voiture, y remonter, manier la caméra et, si besoin, le pic à glace pour briser les vitrines, s'emparer des bijoux et intimider les passants, tous ces détails d'une vie qu'on n'ose pas traiter de quotidienne nous étaient devenus familiers. Mon grand-père arborait pour ces répétitions un pantalon de velours, un col roulé, une veste de tweed du plus heureux effet. Éric était en survêtement.

– Descendez ! criait mon grand-père. En avant ! Ne vous gênez pas les uns les autres ! Casimir, ta caméra ! Professeur, le pic à glace ! Faites les gestes indiqués ! Gardez le regard sur moi ! Moi, je tiens mon pistolet d'une main et ma serviette de cuir de l'autre, et je regarde Casimir qui ne quitte pas Éric de l'œil. Deux minutes... Trois minutes... Trois minutes cinquante-cinq... Embarquement ! En route !

Les mouvements s'enchaînaient. Comme à la parade des horse-guards. Comme dans une épreuve de gymnastique. En esprit au moins, nous portions des bonnets à poil, des noms chinois ou roumains. Monter en voiture, en descendre, rafler les bijoux dans la vitrine, désarmer un gêneur : c'était notre cheval d'arçon et nos barres parallèles. Nous finissions par connaître la mécanique par cœur et par agir sans réfléchir.

– C'est ce qu'il faut, disait mon grand-père. Nous devons tout prévoir, et puis ne plus penser à rien.

Ne plus penser à rien était mon rêve de toujours. Mon grand-père le réalisait.

Les itinéraires avaient été préparés avec le plus grand soin. Nous arrivions par la rue de Rivoli et par la rue de Castiglione. Nous faisions le tour de la place Vendôme. Nous arrêtions les voitures entre le Ritz et La Toison d'or. Action. Les moteurs tournaient, je veux dire ceux des voitures : ma caméra n'avait besoin de moteur que pour émettre un ronflement chargé de piper les badauds.

Nous repartions par la rue de la Paix, qui est large et peu encombrée, vers midi, en juillet. Nous nous séparions boulevard de l'Opéra : une voiture prenait à gauche et l'autre à droite. Nous nous retrouvions dans la forêt de Fontainebleau où nous brûlions les masques et changions les plaques des voitures.

Mardi soir, un dîner du *Filioque* et du hold-up réunis nous rassembla tous les six. Le menu était léger : œufs à la coque, jambon. L'heure était familiale, pour aller dormir plus vite : sept heures et demie. Le Membre, ce soir-là, ne nous apprit rien qui vaille sur l'Empire byzantin et sur ses hérésies. Je crois que c'est moi qui en menais le moins large. L'irascible vieillard était à son affaire. Des siècles de Fronde et de chouannerie lui avaient trempé l'âme. Il parlait, il riait.

— Je n'aurais jamais cru, disait-il, que j'aurais encore l'occasion, à mon âge, avant de mourir, de servir mon pays.

Éric était très calme, très réservé. Il faisait ses premières armes dans la Révolution. Il lui semblait qu'après tant de théorie trop souvent inutile il passait enfin à ces travaux pratiques qu'il avait si longtemps espérés. Leila lui tenait la main. Adeline était comme d'habitude : ni plus ni moins. Le Membre pensait à Biquette et reprenait de tout avec un bel appétit.

Mon grand-père se leva. Il adorait les discours.

— Mes amis, nous dit-il, je ne ferai pas de discours.

— Il va en faire un, soufflai-je au Membre.

— Comme Nelson à la veille de Trafalgar...

— Une défaite ? gémit Adeline.

— Mais non ! murmura le Membre. Une victoire ! Nous sommes déjà de l'autre côté.

— Comme Nelson, reprit mon grand-père, à la veille de Trafalgar, j'attends seulement de vous que chacun fasse son devoir.

Je me crus obligé de crier :

— Hip ! hip ! hip !... Hourra !

Et je me sentis ridicule.

Le lendemain matin, à huit heures, nous nous retrouvions tous rue de Fleurus. Mon grand-père nous donnait ses dernières instructions.

— Éric, Leila et moi dans la première voiture ! Adeline et le Professeur avec toi dans la seconde !

— D'accord, répondais-je d'une voix si étrange que je ne la reconnaissais pas.

110

Éric et Leila allaient chercher les deux voitures dans un garage qui leur était familier et dont la caution, je le crains, ne devait pas être bourgeoise. L'irascible vieillard nettoyait son pistolet et le regardait dans tous les sens avec d'atroces grimaces. Je me ruais deux fois, et peut-être trois, dans le cabinet au bout du couloir. Nous passions nos masques. Plus massif que jamais, Gabin était magnifique.

– Le pic à glace ! criait-il.

– Je l'ai, répondait Montand.

– Éric, Leila et moi dans la première voiture ! répétait mon grand-père pour la cinquième ou sixième fois. Adeline et le Professeur avec toi dans la seconde !

Catherine Deneuve entrait, flanquée d'un flic galonné. Les deux voitures étaient en bas. Je serrais ma caméra contre un cœur en déroute. Il était onze heures et quarante-six minutes.

Coup d'œil à droite. Coup d'œil à gauche. La rue de Fleurus était vide. Nous montâmes en voiture.

CHAPITRE VINGT-TROISIÈME

Midi, place Vendôme – Le souvenir d'Hemingway –
Le chasseur du Ritz – Une jolie surprise – Coup de
génie d'Éric – Le garde du Garde – Qui va ranger tout
ça ? – Gabin se fâche – Bref historique de la colonne
de l'Empereur.

Nous débarquâmes place Vendôme sur le coup de midi. Nos voitures avaient roulé lentement dans les rues de Rivoli et de Castiglione. Aucun de nous ne parlait. Je respirais bien à fond et je me sentais mieux. Nous fîmes le tour de la place et nous nous arrêtâmes devant le Ritz où le souvenir d'Hemingway me traversa le temps d'un éclair : peut-être, s'il nous voyait de ses lointaines vallées, s'amusait-il de nous ? Le Groupe sauta des deux voitures. Un chasseur du Ritz, sa casquette à la main, s'avançait déjà vers nous. Je lui collai dans la main cinq billets de cent francs.

— Nous tournons un film, mon vieux. Pouvez-vous nous aider ?

— Mais bien sûr, monsieur. Que puis-je faire pour vous ?

– Vous empêchez les gens de s'approcher des voitures. Les moteurs doivent tourner. Voyez avec la police.

La police était à pied d'œuvre. Éric inspectait le terrain. Il regardait autour de lui. Tout était calme. Rien ne bougeait. Quelques rares passants s'arrêtaient pour jeter un coup d'œil sur les véhicules de la télévision d'où sortaient des acteurs. Immobiles quelques secondes, Gabin, Montand, Deneuve, formaient, entre les deux voitures, une sorte de carré, ou plutôt de triangle : on distinguait mal leurs visages.

– Le film exige que les autos démarrent à fond de train, dit le policier au chasseur. Veillez surtout à dégager les abords.

Un peu plus d'une minute s'était déjà écoulée. La caméra à l'épaule, je m'étais juché sur le toit de la seconde voiture. Adeline manœuvrait une ardoise noire qui était munie d'un clapet et sur laquelle figurait à la craie une inscription magique : « Vendôme. Première. » Et comme si l'indication n'était pas suffisante, elle criait d'une voix de fausset : « Vendôme. Première. » Et elle faisait claquer son clapet.

Ma caméra toujours au poing, je hurlai à mon tour dans le haut-parleur qu'elle venait de me tendre :

– Attention ! Moteur demandé ! Trois, deux, un, zéro ! Action !

Gabin, Montand, Deneuve se jetèrent dans La Toison d'or. Ils n'eurent pas beaucoup de mal : attirés par le bruit, le vendeur et la vendeuse, qui étaient seuls dans la boutique en cette chaude journée d'été, s'étaient avancés sur le pas de leur porte entrouverte. Le Membre, grâce à Dieu, eut le temps de refiler à Adeline, qui était allée vers lui, le pic à glace qui ne servait plus à rien et qui faisait désordre.

113

Éric arrivait à son tour, en représentant de la force publique. Avec une ferme et rapide nonchalance, il prenait par le bras les deux employés de La Toison d'or, plaqués contre la porte par l'irruption du trio. Il profitait de leur stupeur pour les attirer sur le seuil.

– N'ayez pas peur, leur dit-il sur le ton le plus calme, avec une voix de sirène. On tourne un film.

– Je vois bien, dit le vendeur en riant. On aurait pu nous prévenir. Que faut-il faire ?

Nous avions tout prévu, sauf que le vendeur, que nous étions prêts à assommer car il faut ce qu'il faut pour servir la justice et la vérité, nous demanderait des conseils. De derrière ma caméra, qui ne filmait que du flan, je vis les trois membres du Groupe se regarder avec un soupçon d'hésitation et flotter un instant. Éric, une fois de plus, fit la preuve de son génie.

– Mais rien du tout, dit-il en s'appuyant négligemment contre la porte qu'il maintenait grande ouverte. Vous ne bougez pas. Vous ne vous retournez pas. Vous parlez avec moi. Vous ne gênez pas les prises de vues. Eux, derrière, s'agitent un peu. Ils s'en vont. Ils font le tour de la place. Et ils reviennent.

– Ah ? bon ! dit le vendeur. Quelle histoire !

– Vous croyez qu'on nous verra dans le film ? dit la vendeuse en se trémoussant. La tête de mes amis !...

Et pendant que Gabin, Montand, Deneuve faisaient main basse en silence sur les montres, les bagues, les bracelets, les diadèmes, le vendeur et la vendeuse, qui leur tournaient le dos, taillaient une vieille bavette sur le pas de la porte avec le flic de service.

Plus de trois minutes s'étaient maintenant écoulées depuis le début de l'action. Plus de cinq minutes depuis notre arrivée devant La Toison d'or. Il restait un peu moins d'une centaine de secondes. Il se produisit alors, au même moment, deux événements distincts, mais non sans lien entre eux. Le planton en faction devant le ministère de la Justice, remarquant un peu d'agitation du côté de l'hôtel Ritz, s'avançait à pas lents, mitraillette à la main, derrière le dos d'Éric, en train de parler au vendeur. Je criai dans le porte-voix :

– Très bien, l'action ! Très bien ! Encore une minute avant le prochain plan. Le service d'ordre est demandé sur la place.

Éric se retourna, vit aussitôt son collègue et se jeta sur lui :

– Aidez-moi, voulez-vous ? Je ne peux pas tout faire à moi tout seul. Dégagez devant les voitures.

Et le planton, subjugué, alla rejoindre le chasseur du Ritz pour écarter ensemble la douzaine de personnes qui regardaient la scène en silence, dans le calme le plus parfait, avec de petits rires où éclataient soudain les noms de Gabin, de Montand, de Deneuve.

Au même moment, laissés en plan par Éric, le vendeur et la vendeuse se retournaient vers mon grand-père.

– Hé ! là ! hé ! là ! disait le vendeur. Vous y allez fort. Qu'est-ce qui vous prend ? Qu'est-ce que vous croyez ? Qui va ranger tout ça ?

L'irascible vieillard sortait son pistolet et le collait contre le ventre du vendeur qui, dans un mouvement d'incertitude, est-ce le film ? est-ce un hold-up ? c'est un film sur un hold-up, levait les bras en l'air.

– Le nez contre le mur, lui disait Jean Gabin. Tu te retournes, tu es mort.

– Couchez-vous par terre ! Les bras sur la tête ! Ne

bougez plus ! criait Leila la blonde à la vendeuse hébétée dont le visage prenait soudain, avant de disparaître sous le comptoir, une expression étonnée et étonnante de frayeur outragée.

Le Membre poursuivait avec sérénité sa moisson de bijoux. Il les versait à pleines mains dans la serviette en cuir ouverte sur le plancher.

– Excellent ! hurlai-je. Excellent ! Dans la boîte ! On coupe !

Le commando jaillissait de La Toison d'or comme un noyau qu'on crache. Il se jetait dans les deux voitures. Adeline, dans l'une d'elles, nous attendait déjà. Gabin serrait contre lui sa serviette rebondie. Prisonniers du devoir jusqu'à l'héroïsme le plus pur, Éric et moi, impavides, nous achevions le travail. Éric se précipitait, serrait à toute allure la main au garde du Garde des Sceaux, ministre de cette Justice que nous cultivions avec tant d'ardeur, et sautait derrière le volant de la première voiture qui démarrait en trombe. Je filmais son départ, ou je faisais semblant de le filmer, et je me ruais dans la seconde à peu près aussi vite que je m'étais rué la veille dans le cabinet de mon grand-père. Je jetais ma caméra et le porte-voix dans les bras ouverts d'Adeline. Et, sur les traces d'Éric, nous nous élançâmes à notre tour dans une boucle élégante autour de la colonne de l'Empereur, abattue par Courbet et relevée à ses frais.

Les gens applaudissaient. Le planton de la Justice saluait son collègue qui lui rendait son salut. Le chasseur du Ritz agitait sa casquette. À l'instant où la place s'effaçait de nos yeux, j'aperçus en un éclair le vendeur et la vendeuse, en personnages comiques, sur le pas de leur porte, levant les bras au ciel et poussant les hauts cris.

Leila se fait des idées – Contre l'enrichissement person-
nel – Les leçons de l'Évangile – Une bonne remarque
du Membre – Le lait de la tendresse humaine – Méfaits
de la bureaucratie – Difficulté de faire le bien – Un
séducteur de la vieille école – Inventaire – Un geste très
élégant.

Sur la table du *Filioque*, à la place traditionnelle de la
tête de veau ravigote et du veau Marengo, s'étalaient col-
liers, émeraudes, diadèmes et bracelets. Ils étaient tombés de la serviette de cuir comme d'une corne d'abon-
dance.

– Nous voilà riches, dit Leila.

L'irascible vieillard la foudroya du regard.

– Nous ne sommes pas des voleurs. Je ne tolérerai
aucune forme d'enrichissement personnel.

Éric l'approuva.

– Vous avez raison, monsieur.

Des relations curieuses s'étaient établies entre Éric et
mon grand-père. Je crois qu'une vraie affection les unis-

sait l'un à l'autre. L'irascible vieillard appelait Éric : « Mon petit » ou « Mon garçon ». Et, dans le feu de l'action, il s'était mis à le tutoyer. Éric le vouvoyait, bien entendu, et, à ma stupeur, il lui disait toujours : « Monsieur ». En présence de mon grand-père ou en son absence, Éric ne cessait jamais, dans son attitude et dans ses paroles, de lui témoigner du respect. Il lui arrivait de le critiquer, comme dans l'affaire brésilienne. Il se reprenait toujours et il n'hésitait pas à présenter des excuses à mon grand-père enchanté.

Leila était plus libre et plus ironique à l'égard de mon grand-père. Elle le taquinait, elle se moquait de lui. Elle aurait eu tort de se gêner : il l'adorait. Elle était la fille, ou la petite-fille, qu'il aurait aimé avoir. Elle l'épatait. Il lui passait tout.

— Pas d'enrichissement personnel, reprit mon grand-père. J'y veillerai. Pour des raisons de morale, bien sûr. Mais aussi pour des raisons de prudence et de commodité personnelle. Il se peut, sait-on jamais ? qu'une justice égarée vienne, un jour ou l'autre, nous demander des comptes. J'ai remarqué que l'absence d'enrichissement personnel la rendait très indulgente. Je ne tiens pas, mais alors pas du tout, à croupir en prison. De toute façon, ce n'est pas pour nous que nous avons braqué La Toison d'or. C'est pour infliger une leçon à ceux qui la méritent et pour donner un peu de bonheur à un monde malheureux.

— Vous avez encore raison, répéta Éric. L'opération Toison d'or s'inscrit dans un programme, que j'espère beaucoup plus vaste, de redistribution des richesses.

— Je voudrais ajouter, dit mon grand-père, que je ne m'inspire que de l'Évangile. Mon intention est de faire du bien avec les richesses d'iniquité.

– Ce n'est pas tout ça, dit le Membre. Qu'est-ce qu'on fait des cailloux ?

C'était le bon sens même. Il était temps de descendre des hauteurs de la philosophie de l'histoire et de la théologie. Qu'est-ce qu'on faisait des trésors de Golconde répandus devant nous ? Je crois que mon grand-père avait une idée. C'était de distribuer, au gré du Groupe, le butin de la Toison d'or et des forces du mal à des forces du bien : une bague pour la Croix-Rouge, un bracelet pour l'Unicef, un diadème pour l'Association de la noblesse française, une montre en or pour le Secours populaire, un rubis pour le Croissant rouge, un saphir pour les œuvres de la Ligue communiste révolutionnaire, une broche pour l'Armée du Salut ou pour les Alcooliques anonymes...

– C'est absurde, disait Éric.

– Absurde ? Pourquoi absurde ? Que de joie dans tant de foyers ! Imaginez les sentiments de la secrétaire vieillie sous le lourd harnais de l'amour du prochain, immergée dans le lait de la tendresse humaine, qui voit tomber du ciel un paquet au nom de sa petite entreprise. « Encore un livre », se dit-elle en coupant la ficelle d'un geste où la lassitude se mêle à la routine. Mais non ! Ce n'est pas un de ces ouvrages rasants sur le sort des enfants dans les mines d'Afrique du Sud ou la prostitution des mineures sur les trottoirs de Manille : c'est un collier d'émeraudes !

– Impossible ! disait Éric. Vous imaginez bien que les pierres seraient aussitôt repérées. Elles seraient transmises à la police, à la justice, aux assurances. Elles ne mettraient pas longtemps à retourner à La Toison d'or et à son propriétaire.

119

– Ah ! soupirait mon grand-père, comme c'est contrariant ! Toujours les méfaits de la bureaucratie... Des gens payés à se tourner les pouces... Que d'obstacles imprévus dès qu'on veut faire du bien !

Nous n'échappions pas au receleur. C'était encore un mot que mon grand-père n'aimait pas. Il imaginait le receleur sous les aspects crasseux d'un héros de polar mâtiné de Shylock. C'était compter sans Éric. Éric avait des amis partout. Des profondeurs du garage qui nous avait fourni nos voitures surgit un beau matin un nouveau personnage.

La sonnette d'entrée retentit. Adeline alla ouvrir.

– Monsieur Éric ?

– Un instant, dit Adeline.

– Faites entrer, cria mon grand-père.

– C'est lui, souffla Éric.

À notre stupéfaction, Adolphe Menjou se présenta à nos yeux. Adolphe Menjou : vous vous souvenez ? Adolphe Menjou, Pierre Blanchar, Victor Francen, André Luguet. Vous voyez le genre ? Grand, pas trop grand, mince, très mince, presque frêle, élégant, distingué. Une fine moustache de séducteur sous le nez. Trois-pièces croisé gris. Terriblement comme il faut. Un peu vieillot, peut-être. Il n'est pas impossible, je ne me rappelle plus très bien, qu'un discret ruban rouge ornât sa boutonnière.

Il s'inclina devant Leila. Et il nous dit :

– Messieurs...

On l'installa, suprême honneur, devant la table du *Filioque*. L'irascible vieillard apporta la serviette et, d'un seul coup, la vida sur la table.

André Luguet fixa à son œil droit un petit instrument

qui tenait de la loupe et du monocle. Et, un par un, très lentement, avec beaucoup de calme, il examina les pièces.

– Très beau, dit-il.

Il parlait peu. De l'élégance traditionnelle, il avait tout le charme et la sobriété.

– Alors ? dit Éric.

– Trois millions, dit-il.

Mon grand-père sursauta.

– J'imaginais, dit-il, que l'ensemble du lot valait trois ou quatre fois plus.

– Certainement, dit Luguet.

– Pardon ? dit mon grand-père.

– Plutôt quatre, dit Luguet.

– Quatre millions ? demanda Éric.

– Non, dit Luguet. Quatre fois plus.

– Mais alors... ? dit mon grand-père.

– Les faux frais, dit Luguet.

Le choc était violent. Il nous cloua sur place. Il nous coupa la parole.

– Bien entendu, dit-il avec un geste de grand seigneur, si vous voulez voir ailleurs...

– Non, non, dit Éric. Mais tâchez de faire un effort...

– Trois millions cinq, dit-il. Ne discutons pas. C'est mon dernier prix.

Éric regarda le Membre. Le Membre regarda mon grand-père.

– Affaire conclue, dit mon grand-père.

– Je vous remercie, dit Luguet.

Et il se leva.

– Vous nous ferez un chèque ? demanda mon grand-père.

Un rire silencieux secoua André Luguet.

– Non, monsieur. Pas de chèque.

– Mais comment... ? demanda Éric.

– Je vous laisse les bijoux. Un ami à moi passera vous voir. Il vous remettra l'argent. Vous lui remettrez la serviette. C'est tout simple.

– Comme ça ? demanda mon grand-père.

– Comme ça, dit Luguet avec un joli sourire. Grâce à Dieu, dans un métier comme le nôtre règne encore la confiance.

– Il n'y aura pas de message ? Il n'y aura rien à signer ?

– Rien à signer, dit Luguet. Si vous y tenez, il pourra vous dire... qu'est-ce que vous voulez qu'il vous dise ?

– Pour les œuvres..., suggérai-je.

– Parfait, dit Luguet. Pour les œuvres... Pour les œuvres de la baronne.

– Ah ! très bien, dit mon grand-père.

André Luguet, debout, était déjà en train de reverser pêle-mêle le trésor dans la serviette. Il s'interrompit un instant. Il parut hésiter. Il prit une bague très simple avec une petite émeraude.

– Vous permettez ? dit-il. De la part de la maison. Et avec ses hommages.

Et il passa la bague à l'annulaire de Leila.

CHAPITRE VINGT-CINQUIÈME

Leila baise la main de l'irascible vieillard – Une mémoire d'éléphant – Affreuse histoire de l'armée des aveugles – La bourriche de la bonne sœur – Publicité gratuite pour une maison du quartier – Les œuvres de la baronne – Dieu vous le rendra ! – Il ne tarde guère.

– Je ne sais pas, dit mon grand-père, si nous pouvons accepter.

André Luguet venait de s'éclipser avec la discrétion et l'élégance qui le caractérisaient.

– Oh ! bien sûr que oui ! m'écriai-je.

Leila me lança un sourire qui me fit chaud au cœur. Je crois que je rougis un peu.

– C'est un cadeau, remarqua Éric. Et il ne vient pas de nous.

– C'est vrai, dit mon grand-père.

Et il donna une tape sur la joue de Leila.

– Merci, dit Leila, très bas.

Et, dans un geste d'enfant, avant qu'il pût la retirer, elle lui baisa la main.

– Ce qui m'étonne, dit mon grand-père, c'est que nous pourrions, si nous le voulions, mais nous ne le voulons pas, subtiliser n'importe quoi dans la serviette de cuir. Il n'a pas pris la moindre note.

– Je ne vous le conseille pas, dit Éric. Il a tout photographié.

– Photographié ? dit Adeline. Il n'avait pas d'appareil.

– Dans sa tête, dit Éric. S'il manquait la moindre pièce – à l'exception de l'émeraude, don gratuit de la maison, et que je ne vous suggère pas de remettre dans le lot –, vous auriez, je le crains, des ennuis assez sérieux : vous verriez arriver, dans les délais les plus brefs, une bonne paire de gaillards qui n'auraient pas le charme et les manières de notre ami.

– Très bien, dit mon grand-père. Personne ne touche à la serviette.

Le lendemain, à l'heure du dîner, et nous étions tous là, on sonnait encore à la porte. C'était une sœur de la Charité comme on n'en fait plus, dans son costume traditionnel, cornette blanche et robe noire.

– Bonjour, madame, dit-elle à Adeline. Est-ce que je peux voir un de ces messieurs ?

– Entrez, ma sœur, dit Adeline.

Nous étions tous à table. À la table du *Filioque*. Le Membre venait de nous raconter les aventures sanglantes de Michel II le Bègue, qui avait fait assassiner son prédécesseur, Léon V l'Arménien, à Sainte-Sophie, la nuit de Noël, et de son petit-fils, Michel III l'Ivrogne, assassin assassiné par son complice Basile, qui deviendra Basile Ier, dit le Macédonien.

C'était Michel l'Ivrogne qui avait fait nommer Photius au patriarcat de Constantinople. Photius jouera un rôle considérable puisque c'est lui qui chargera Cyrille et son frère Méthode d'évangéliser les Slaves et de jeter, dans le même élan, les bases de l'alphabet cyrillique. Et que c'est lui encore qui, ayant eu l'idée originale d'excommunier le pape, consommera la rupture entre l'Église romaine et l'Église orthodoxe. Avec une moue de délice, le Membre nous signalait au passage, comme une gâterie, que, dans son *Traité sur le Saint-Esprit*, Photius s'élevait avec violence contre le *Filioque*.

De Basile Ier, dit le Macédonien, favori puis assassin de Michel l'Ivrogne, ennemi puis ami de Photius, le Membre passait à l'histoire de Basile II, dit le Bulgaroctone. À l'issue de la bataille victorieuse de Stoumitza, un peu après l'an mille, cet estimable empereur, mis au rang des plus grands, fit crever les yeux à quinze mille prisonniers bulgares, n'en épargnant qu'un sur cent – qu'on se contenta d'éborgner.

Dans sa bonté suprême, l'empereur rendit à la liberté les quinze mille Bulgares aveuglés. Et il chargea les cent cinquante borgnes de servir de guides aux aveugles sur les chemins du retour. Lorsque le tsar des Bulgares, qui s'appelait Samuel, vit surgir sous ses yeux l'armée terrible des aveugles et des borgnes, il mourut sur le coup de chagrin et d'effroi.

– Quelle époque ! disait mon grand-père.

– N'est-ce pas ? disait le Membre. Ce n'était pas mieux qu'aujourd'hui. C'était peut-être même un peu pire. Les Bulgares écrasés, Basile II se retourna contre les...

La bonne sœur apparaissait, sous sa blanche cornette. Elle semblait fraîche et gaie, comme ceux qui font le bien. Le professeur interrompait sa litanie d'atrocités. Nous nous levions tous pour la saluer.

– Bonsoir, ma sœur, disait mon grand-père. Que pouvons-nous pour vous ?

– Oh ! monsieur, disait-elle, et elle joignait ses mains en un geste de prière, un peu de pain pour les pauvres.

– Adeline ! disait mon grand-père, voulez-vous préparer une bonne bourriche de pain, de vin, de fromage et d'œufs pour les pauvres de notre sœur ?

– Et pour les œuvres de la baronne ? murmurait la bonne sœur.

Nous frémissions. Un silence assourdissant tombait sur la table du *Filioque*.

– Pour les œuvres de la baronne ? répéta Éric.

– Oui, monsieur, dit la bonne sœur d'une voix claire. Pour les œuvres de la baronne.

Pendant quelques secondes, aucun de nous ne dit un mot, aucun de nous ne fit un geste.

Et puis, mon grand-père se leva. Il alla chercher la serviette. Il la jeta à la sœur.

– Tenez ! lui dit-il. La voilà !

Elle l'attrapa au vol avec une vivacité surprenante pour une femme de prières, vouée à la componction de la charité et des œuvres.

– Merci, messieurs, dit la bonne sœur. Dieu vous bénisse !

Elle inclina la tête de l'air le plus modeste.

– Attendez ! cria mon grand-père.

La bonne sœur leva vers lui de grands yeux étincelants où brillait l'autre monde – et peut-être aussi celui-ci.

– Oui, monsieur ? lui dit-elle.

– Est-ce que ça vous gênerait, demanda mon grand-père d'une voix soudain radoucie, si je gardais la serviette ? J'y tiens beaucoup. C'est un souvenir.

126

La sœur hésita un instant.

– Non, monsieur, ça ne me gêne pas.

– Adeline, dit mon grand-père, apportez-moi un sac.
Tenez ! Celui de la bourriche. Il ne sert plus à rien.

Adeline revint aussitôt avec un grand sac en papier de
la Maison de Famille, juste derrière Saint-Sulpice.

L'irascible vieillard vida en un seul geste, qui fit un
bruit de ruisseau, le contenu de la serviette dans le sac en
papier.

– Prenez ça, gronda-t-il.

– Dieu vous le rendra ! lui dit-elle.

Et, tirant un gros paquet enveloppé de papier journal
d'une poche de sa large robe, elle le tendit à mon grand-
père.

– Voilà qui est fait, siffla Éric. Dieu a déjà tout rendu.

Une fortune sous des yeux vagues – Les ruses de la rai-
son – Frais de voyage et de gestion – Un colis pour
l'archevêque – « Venez voir, monsieur le rabbin ! » –
Furtif parallèle entre la police et la presse – Des
inconnus très célèbres.

Nous étions assis tous les six à nos places coutumières et nous regardions d'un œil vague les trois millions et demi en billets de banque qui avaient remplacé la tête de veau ravigote, puis les joyaux de la couronne sur la table du *Filioque*. L'irascible vieillard les avait disposés en trente-cinq paquets de cent mille et ils couvraient toute la table. Nous les avions comptés et recomptés. Pas un billet ne manquait. Leila arborait à sa main gauche, tel un trophée de victoire, l'émeraude distraite du butin par le gentilhomme receleur.

— C'est à peine mieux, fit le Membre. Qu'est-ce que nous allons bien pouvoir faire de ce tas ?

— Le distribuer, dit mon grand-père. Jusqu'au dernier centime.

Ce fut un travail harassant. Il fallut d'abord établir la liste des bénéficiaires. Avec leurs adresses et leurs spécialités. Il fallut définir le montant de chaque attribution. Il fallut enfin faire parvenir aux heureux gagnants les sommes qui leur provenaient d'une loterie à la Borges, aux allures de Père Noël, et dont ils ne savaient rien. Les vieilles ruses de l'histoire se refermaient sur nous, la divine Providence nous frappait de son poing qui n'était que justice : il était impossible d'échapper aux contraintes de la comptabilité et de l'administration. Et qui, je vous le demande, qui fut chargé de ces tâches, si ingrates et si lourdes ? Ce fut le malheureux Casimir. Il menait la grande vie. La grande vie se vengeait.

– Trente mille francs aux œuvres de l'archevêché de Lyon, ânonnait le Professeur. Trente mille francs à Lutte ouvrière pour l'ouverture de crèches. Trente mille francs à l'Alliance israélite universelle. Trente mille francs à la mosquée de Paris...

J'écrivais sous sa dictée, je me noyais sous les fiches, je courais comme un toton de ma calculatrice à mon ordinateur et du minitel à Internet. Je regrettais le bon temps où nous étions si pauvres et les leçons de mon grand-père, le soir, sur les bancs du Luxembourg.

Adeline, qui avait du mal à joindre les deux bouts et à trouver les fonds nécessaires à la confection de ses pieds de porc panés, posa la question des indemnités de voyage et des frais de représentation. À l'unanimité sans vote, je décidai, de mon propre chef, d'attribuer, pour solde de tout compte, huit mille francs à mon grand-père et huit mille francs au Membre à titre de remboursement forfaitaire de leurs dépenses brésiliennes. C'était bien payé pour la défense des valeurs. C'était bien payé pour rien du tout.

– Et les voitures ? demanda Leila. Et les masques ?
Je pensai aux gens du garage. Il ne devait pas être bon
de les mécontenter.

– Trois mille francs, tranchai-je. À verser à Éric.

Il fallut bien en venir à un fonds de roulement pour
frais courants du Groupe. Six mille francs par mois me
parurent équitables. Leur gestion quotidienne fut confiée
à Leila.

– En somme, conclut le Membre, je suis l'ordonnateur
des dépenses. Tu es l'agent comptable. Leila est le
contrôleur des dépenses engagées.

– C'est ça, lui dis-je. Et, comme dans la triade brah-
manique, chacun fait, en même temps, le travail des deux
autres.

– Pourra-t-on nous accuser d'enrichissement personnel ? interrogea mon grand-père avec inquiétude.

– Je ne crois pas, dit Éric. Il me semble que les
dépenses sont calculées au plus juste. Et le pauvre Casimir ne reçoit pas de salaire. Nous sommes de blanches
colombes, des agneaux innocents. Nous sommes au-
dessus, ou en dessous, de tout soupçon.

Le plus amusant, la seule chose amusante peut-être de
ce sinistre enchaînement d'obligations financières et
administratives, fut le versement aux intéressés de sub-
ventions que, pour une fois, ils n'avaient même pas solli-
citées. La restitution des fonds était une opération tout
aussi périlleuse que leur acquisition violente. Se faire
alpaguer en donnant était aussi peu indiqué que de se
faire alpaguer en prenant. Pour mener à bon port nos
œuvres de bienfaisance, il me fallut à nouveau user de
mille déguisements.

Je me présentais rue de la Ville-l'Évêque, à l'archevêché de Paris, ou rue de Solférino, au siège du P.S., en livreur de Gallimard ou de Grasset, en garçon de courses du Fouquet's, en motard de la Présidence ou de la Radio-diffusion nationale.

– Un pli de Matignon, annonçais-je d'un air rogue. Un colis du Bon Marché ou des Galeries Lafayette. Une boîte de chocolat de La Marquise de Sévigné.

– De Matignon ? Du Bon Marché ? Attendez un instant, disait la dame de la réception. Quelqu'un descend vous voir.

– Je n'ai pas le temps, m'écriais-je.

– Voulez-vous un reçu ?

– Non ! non ! Pas de reçu.

J'étais déjà reparti. Je sautais sur ma moto ou sur ma bicyclette.

Beaucoup craignaient une bombe, des farces et attrapes, un diable sortant de sa boîte, des excréments de lévrier ou de chihuahua ramassés dans le caniveau. Ou, dans le meilleur des cas, des chapelets d'insultes. J'espère n'avoir pas enrichi trop de standardistes dévorées par la curiosité ni de gardiens avides. J'espère que les fonds du Groupe et de La Toison d'or sont parvenus en bonnes mains.

Je crois d'ailleurs que oui. Les journaux avaient fait une large place au casse de la place Vendôme et à ce qu'ils avaient baptisé le gang des masques ou des comédiens. Ils commencèrent à passer quelques entrefilets sur des dons anonymes qui affluaient on ne savait d'où vers des œuvres de bienfaisances. Le lien, grâce à Dieu, entre l'entrée des fonds et leur sortie ne fut jamais établi.

J'imaginais, en remontant à la hâte sur mon vélo ou me jetant dans les bouches du métro, la tête de ceux qui recevaient de nulle part la manne tombée du ciel. « Venez voir, monseigneur, ce que Dieu nous envoie ! » ou : « Ah ! monsieur le rabbin, les enfants d'Israël ne sont pas orphelins ! » Ou : « Hé ! camarade, regarde ce qui nous tombe sur le paletot ! » Ou : « Allah seul est grand et miséricordieux ! » Et si différents qu'ils fussent les uns des autres, tous devaient se dire : « Et là-dessus, pas d'impôts. » Je me demandais s'il viendrait à l'esprit de l'un ou de l'autre d'entre eux de prévenir la police de cet enrichissement imprévu comme on la prévient de nos appauvrissements violents. J'en doute un peu. Plus présente que la police, plus puissante que le gouvernement, la presse, en tout cas, eut vent de ces largesses en forme d'énigme ou de rébus puisqu'elle s'en fit l'écho. Par l'acquisition de nos ressources et par leur distribution, nous devînmes bientôt, deux fois et de deux façons différentes, les inconnus les plus célèbres de ce temps.

CHAPITRE VINGT-SEPTIÈME

Retour à Dieu et au peuple – La fille du gardien d'ours
– Les Bleus et les Verts – Bélisaire et son casque – Le
Groupe s'ennuie – Un éternel besoin de nouveau – Le
fer de lance de l'avenir – Lâchez tout !

Nous travaillâmes d'arrache-pied. Au bout de quelques semaines, les trois millions et demi étaient retournés au peuple et dans la main de Dieu sous ses formes variées. Je me sentis soulagé : j'en avais assez de faire du bien. J'avais envie d'égoïsme, de farniente, de loisir, de Luxembourg. J'avais presque envie, c'est tout dire, de mathématiques et de latin. J'en avais assez de m'occuper des autres.

Nous nous retrouvâmes tous les six autour de la table du *Filioque* avec le sentiment du devoir accompli. Le Membre nous raconta encore quelques belles aventures où la passion se mêlait au sang et que je serais heureux de vous rapporter si je ne craignais de vous lasser : tout le monde n'a pas chevillé au corps l'amour de l'Empire grec et chrétien de nationalité byzantine ni des conciles œcuméniques.

Il nous parla de Justinien et de Théodora, qui était, selon Procope, la fille d'un gardien des ours de l'hippodrome de Byzance et qui fut danseuse et prostituée avant d'être impératrice et de sauver l'empereur lors de la sédition de Nika. Il nous parla de la sédition de Nika qui naquit de la rivalité de deux groupes de cochers de l'hippodrome de Constantinople, distingués les uns des autres par la couleur de leur casaque : les Bleus et les Verts. Chacune des deux équipes avait ses supporters qui se battaient entre eux lors des grandes courses de chars. Les Bleus étaient soutenus par les quartiers riches et aristocratiques de la ville, d'une orthodoxie religieuse intransigeante. Les Verts recrutaient leurs partisans dans les quartiers populaires à tendance démocratique et volontiers portés vers l'hérésie religieuse. Les rixes entre les factions de l'hippodrome finirent par aboutir à une formidable révolte qui faillit balayer Justinien. Aidée par le général Bélisaire, l'impératrice Théodora vint à bout de la sédition et préserva le trône de l'empereur. Il nous parla de Bélisaire qui l'emporta, près de Carthage, sur les envahisseurs vandales dont descendait Leila et reconquit l'Afrique du Nord au nom de Justinien. La fin cruelle de Bélisaire, déchu, ruiné, aveugle, réduit à tendre son casque comme sébile aux passants, n'est peut-être qu'une légende. Procope, qui fut son secrétaire, chante ses louanges dans les textes officiels et le descend en flammes, en même temps que Théodora et que l'empereur lui-même, dans son *Histoire secrète*. Procope racontait Bélisaire. Le Membre nous racontait Procope. Je vous raconte le Membre. Voilà comment ça marche.

Nous savions tous très bien pourquoi nous écoutions le Membre avec tant de bonheur : c'était parce que ses récits, qui nous tenaient parfois jusqu'aux petites heures du matin, nous entraînaient ailleurs. Je vous ai déjà laissé entendre qu'Éric voulait aller de l'avant et que mon grand-père voulait revenir en arrière. Que le Membre en voulait à notre société. Et que j'avais du mal moi-même à définir ce que je voulais dans cette putain d'existence. Notre vie nous ennuyait. Nous détestions le monde où nous avait jetés le hasard. Nous attendions du nouveau. Nous voulions autre chose. Nous ne savions pas trop quoi.

– Jamais le monde n'a été aussi bas, ronchonnait mon grand-père. Aussi veule, aussi médiocre. Il ne croit plus à rien si ce n'est à l'argent. Pour le soulever si peu que ce soit au-dessus de lui-même, il faut descendre jusqu'aux jeux de ballon qui sont la pâle réplique des jeux du cirque d'autrefois.

– Cette société est pourrie, renchérissait Éric. Elle branle dans le manche, elle se défait. Pour préparer l'avenir, il faut hâter sa chute.

Le Membre n'était pas sûr que le monde d'aujourd'hui fût aussi atroce que le soutenaient Éric et l'irascible vieillard. Il lui semblait que la cruauté avait plutôt reculé, que la tolérance et la raison avaient fait leur chemin et que, matériel et moral, dans la science et dans la conscience, le progrès n'était pas un vain mot. Mais l'injustice y régnait. La hiérarchie des mérites n'y était pas respectée et *Biquette et son trou* n'était pas à sa place.

Quand, déduction faite des frais de voyage et de roulement, les trois millions et demi hérités de La Toison d'or eurent fait retour au peuple et à Dieu, le Groupe s'ennuya ferme. Il comprit assez vite que pour sortir de la monotonie des jours toujours semblables à eux-mêmes et de l'angoisse des nuits où le monde est si noir, ni les histoires du Membre ni l'attente des scandales n'étaient plus suffisantes : il fallait partir au-devant de nouvelles aventures, dénicher des prétextes de fureur et d'indignation, chercher un peu partout ce qui devait être attaqué et détruit.

– Assez pensé le monde ! disait Éric. Changeons-le ! Il faut porter le feu dans les structures vermoulues. Nous sommes le fer de lance de notre avenir en marche.

– Assez gémi ! s'écriait mon grand-père. Il faut passer à l'action. Le monde pourrit par l'argent. Frappons-le à l'argent. Allez ! Larguez les amarres ! Lâchez tout !

CHAPITRE VINGT-HUITIÈME

*Le vent se lève – Une banque qui rapporte gros – La
Loterie de Tokyo – Un déjeuner place Vendôme – « Tu
m'appelles monsieur le ministre... ? » – Un comité
citoyen – Surprise de mon grand-père.*

Nous lâchâmes tout. Tout ce qui faisait la loi, les règles,
les habitudes, les convenances, nous le lâchâmes. Nous
larguâmes les amarres. C'était le temps qui voulait ça. Le
vent se levait. La navigation devint vive, et presque aventureuse. En quelques mois, le Groupe attaqua une bonne
douzaine de boutiques ou d'entreprises qui, à un titre ou
à un autre, ne se conduisaient pas bien. Un syndicat de
pourris. La trésorerie d'un parti qui trempait dans des
magouilles. Un grand journal de province – quel bonheur
pour le Membre ! – dont le patron était un escroc. Quatre
boutiques parisiennes, une boutique à Lyon, une boutique à Lille, une boutique à Marseille, qui relevaient
toutes des tribunaux. Une association paroissiale qui
méritait un châtiment. Et une banque, tout à fait anti-
pathique et qui nous rapporta gros.

Toute une série d'attaques, le plus souvent à main armée, n'ont jamais été élucidées tout au long de ces dernières années : c'était nous. Après le coup du film et des masques, qui intrigua et amusa tous les journaux, nous inventâmes, je ne vais pas vous raser avec des détails un peu lassants, le coup de la visite du préfet, le coup, imparable, du contrôle fiscal, le coup du billet gagnant à la Loterie de Tokyo ou de San Francisco, le coup de la remise de la Légion d'honneur à des fripouilles exaltées, mais non vraiment étonnées, tant le mal était profond, par la distinction dont elles étaient l'objet. Nous prenions leur argent à des voleurs, à des avares, à de bas ambitieux, à des calculateurs, à des méchants de tout poil. Nous punissions les vices. Nous étions le bras armé de la sainte Providence et de la fureur populaire.

Le hasard nous servait. Il se trouvait que le Membre et l'irascible vieillard avaient été camarades de classe, puis de régiment d'un certain Abel Maynard dont le nom, un peu oublié parmi ceux des Pleven, des Bourgès-Maunoury, des Fabius, des Léotard, des Jospin, des Méhaignerie, vous est sûrement encore familier. Abel Maynard devint ministre chargé des Relations avec le Parlement – « Quel drôle de ministère ! » disait mon grand-père –, puis ministre de la Justice. Il était déjà installé dans le palais à deux pas du Ritz lors de l'affaire de La Toison d'or. Il invita à déjeuner ses deux anciens condisciples. Ils acceptèrent. Grâce à Dieu, le planton qui les salua à l'entrée du ministère n'était plus celui dont Éric s'était fait un ami.

– Vois-tu, mon vieux, dit le ministre à l'irascible vieillard avec une républicaine cordialité en attaquant la bombe glacée, on fait de tout dans cette maison. Je m'occupe de la réforme constitutionnelle, qui est un gros morceau, et d'affaires minuscules qui dévorent tout mon temps. Figure-toi qu'il y a quelques mois, tu as dû en entendre parler, des malfrats déguisés en acteurs ont dévalisé en plein jour la boutique de La Toison d'or, au pied même du ministère.

– Pas possible ! s'écria le Membre.

– Mon cher ministre..., dit mon grand-père un peu troublé.

– Tu m'appelles monsieur le ministre... ?

– Mon cher Abel, reprit mon grand-père, j'ai vu cette histoire-là dans les feuilles. A-t-on arrêté les coupables ?

– Ma foi, non ! dit le ministre. Ou bien ce sont des amateurs inconnus de la police, ce qui complique les recherches, ou bien il s'agit d'une bande supérieurement organisée.

– Ah ? dit le Membre. Et vers quelle hypothèse penchez-vous, la police et toi ?

– Ça vous intéresse, ces trucs-là ? demanda le ministre.

– Beaucoup, dit mon grand-père, je crois que tout citoyen a le devoir de...

– Eh bien, coupa le ministre, je suis en train de constituer un Comité de la Justice citoyenne. Je voudrais y faire cohabiter des professionnels de la justice et de la police et des représentants de la société civile. Voudriez-vous, l'un et l'autre, faire partie du comité ?

L'irascible vieillard et le Membre se regardèrent avec gravité.

– Mon Dieu..., dit mon grand-père, c'est une affaire de conscience...

– Pourquoi pas ? répondit le Membre. En tant que citoyens à qui la justice est très chère...

139

– Voilà une bonne chose de faite, dit le ministre. On se réunira quatre fois par an. Deux fois place Beauvau. Et deux fois place Vendôme.

Les voies du Seigneur sont impénétrables. Il écrit droit avec des lignes courbes.

– Je n'aurais jamais cru, dit mon grand-père au Membre en sortant du ministère, que je finirais par siéger dans les conseils de la République.

Casimir ouvre des dossiers – Caractère singulier des O.R.M.M. – Un petit tour chez les tropes – Charmes de l'oxymoron – Stupeur enchantée des victimes – Perplexité des forces de police – L'étau se resserre autour de nous.

Voyez-vous, mon cher maître, camarade, monsieur le président, madame le procureur, garçon ! mon général, monsieur le préfet, monsieur le ministre, amiral, sommelier ! mesdames et messieurs, et hep ! oui, vous là-bas, comment les choses se développent ? Il me fallut bientôt, pour éviter les oublis, les répétitions, les erreurs de toute sorte, les pièges et les bévues, établir des tableaux, parfois à double entrée, et ouvrir des dossiers. Et répartir nos actions en différentes catégories.

Je me vis contraint de distinguer les O.R., opérations classiques de récupération, des O.P., opérations punitives sans but lucratif, et des O.N.U.P., opérations de nettoyage d'utilité publique. Nos O.R. occupèrent beaucoup la presse, mais elles restaient dans le cadre des activités les plus quotidiennes et les mieux étudiées. La police les classait sous la rubrique : « Vols à la tire, cambriolages, attaques à main armée. » Impossible d'être plus fidèle à une tradition qui remontait assez loin et aux grandes leçons du passé. O.P. et O.N.U.P., en revanche, intriguaient jusqu'à la stupeur sociologues et ministres qui, indifférents à toute éthique et à toute conviction, étroitement attachés à une conception mercantile des délits, levaient les bras au ciel et se précipitaient à la radio et à la télévision pour dénoncer le vandalisme. Il s'agissait, naturellement, de bien autre chose que de vandalisme : il s'agissait de morale. Qui s'en souciait, hormis nous ?

Il y avait mieux que les O.P. Il y avait mieux que les O.N.U.P. La catégorie la plus neuve et la plus surprenante était celle des O.R.M.M. Elle mérite peut-être quelques mots.

Dans la chaleur de l'enthousiasme, il nous arriva plus d'une fois de nous tromper de cible et de lancer une O.R. contre d'honorables citoyens et de respectables commerçants. Assez vite, en général, nous nous rendions compte de notre erreur.

— Junior, me disait mon grand-père, nous avons encore fait une boulette. Ce magasin de la rue de Passy... Tu t'en souviens, du magasin de la rue de Passy ?

Je haussais les épaules.

— Bien sûr, grand-père, que je m'en souviens. Le parfum de la jeune fille blonde dans un cardigan vert qui s'est évanouie dans mes bras était inoubliable. N° 5, peut-être ? Ou Shalimar ? Ou Eau de Lanvin ?

— Eh bien, je n'en suis pas surpris. C'étaient des gens très convenables et au-dessus de tout reproche. Un arrière-grand-père, ami de Pasteur, du cardinal Lavigerie et du capitaine Dreyfus. Un grand-père, tué à Verdun. Le père, résistant de la première heure, déporté en 1943. La petite-fille, atteinte, je ne sais plus, de poliomyélite ou de myopathie. Eux-mêmes sont délicats, généreux et modestes. Nous les avons confondus avec la boutique d'en face qui est tenue par des voyous. Je crains qu'il ne faille lancer en leur faveur une O.R.M.M.

Les opérations de restitution matérielle et morale constituaient un paradoxe dans notre panoplie. Je ne saurais mieux les décrire qu'en les rangeant sous le signe d'un trope bien connu : l'oxymoron. Voilà que le doute m'envahit : peut-être avez-vous réussi à survivre jusqu'ici dans l'ignorance des tropes ? Les tropes sont des figures de style. La catachrèse est un trope, la métonymie est un trope, la synecdoque est un trope, l'hypallage est un trope, la syllepse est un trope, la métaphore est un trope. Et le pléonasme est un trope. Le propre de l'oxymoron, qui est en quelque sorte le contraire du pléonasme, est de combiner des termes contradictoires. Une nuit lumineuse est un oxymoron. De haineuses amours en sont un autre. Une O.R.M.M. n'était rien d'autre qu'un oxymoron du casse et du fric-frac.

C'était une brutalité bienfaisante. Et la plus juste des injustices. C'était un hold-up à l'envers. C'était un cambriolage qui consistait à enrichir les endroits visités au lieu de les appauvrir. On brisait les vitres, on enfonçait les portes, on crochetait les serrures, on violait les domiciles pour déposer chez les intéressés les bijoux et les objets qui leur avaient été subtilisés à tort ou leur équivalent financier. C'était des actes de violence de la plus émouvante douceur. Et des rébus insolubles pour les victimes sur le derrière, pour le public interloqué et pour les autorités impuissantes.

Nous arrivions de nuit. Nous nous glissions dans les lieux à l'aide de fausses clés ou d'explosifs. Et nous emménagions. Ou bien nous arrivions de jour, armés de pistolets et de fusils à pompe ou au canon scié.

– On ne bouge plus ! criait mon grand-père.

– Tout le monde par terre ! lançait Éric. C'est un hold-down.

Et, sous les yeux terrifiés, et bientôt stupéfaits, des victimes comblées de bienfaits au bout de nos pistolets, nous rapportions avec soin tout ce que nous avions emporté huit ou dix jours plus tôt.

– Le guéridon Louis XVI, disait le Membre à un jeune homme étendu de tout son long, le nez contre le parquet, la tête entre les bras, je crois qu'il était dans ce coin-ci.

Et Leila :

– Pardonnez-nous, madame, votre joli vase de Chine époque Ming a été malencontreusement brisé au cours du déménagement. Je vous ai apporté en échange un petit céladon qui vous plaira peut-être.

Et du céladon s'échappait un gros bouquet de roses rouges qui mettait le comble à l'efferement des populations allongées sur le sol.

Ce sont les O.R.M.M. qui attirèrent sur nous avec le plus de violence l'attention de la police et de la presse. Les O.R., c'était le pain de chaque jour, la routine, presque la règle. Les O.P. et les O.N.U.P. étaient déjà plus surprenantes. Plus surprenantes, mais explicables. Beaucoup de gens cassent pour le plaisir, pour des motifs obscurs : le chagrin, l'ennui, une ambition déçue, un amour contrarié. Quelques observateurs distingués discernèrent bien de vagues motifs éthiques à nos opérations. Et ils s'en étonnaient. Elles n'en prenaient pas moins place dans les cadres balisés de la violence contemporaine, si largement commentée par les sociologues, les psychiatres, les prêtres, les hommes politiques. Ce qui restait tout à fait incompréhensible, c'était ces attaques à main armée qui restituaient à des victimes, renversées par ce second coup du sort qui annulait le premier, les biens qui leur avaient été dérobés.

L'énigme était si irritante et les ténèbres si obscures qu'elles ne tarderaient pas, on le devinait, à réclamer des lumières. Qu'est-ce qui se cachait derrière ces récupérations successives, en sens inverse, de marchandises volées, puis rendues ? Une opération politique ? Un exercice sportif ? Les rites secrets d'une secte ? Des manifestations de folie collective ? Des spéculations métaphysiques ? Nous sentions, presque physiquement, se resserrer sur nous l'étau éberlué de ceux qui ne comprenaient pas et qui voulaient savoir.

*Menaces sur le Groupe – Modestes réflexions sur la fin
et les moyens – Arrivée de Rafik – Un nourrisson très
recherché – Jolie carrière d'un homme de main – Rafik
prend des mesures – L'irascible vieillard se change en
chef de bande – Et il est le seul à ne pas le savoir.*

Il n'y avait pas seulement, pour faire pression sur nous, le public, la police, la justice, la presse. Il y avait plus fort et plus dangereux : il y avait les bandes rivales. Elles nous dénichèrent assez vite, plus vite en tout cas que la police, et elles nous tombèrent dessus. Il y avait un clan corse, un clan arabe, un clan sicilien, un clan japonais. Nous reçûmes, dans la si calme rue de Fleurus, des messages qui n'étaient pas fleuris et des émissaires qui n'avaient pas l'élégance et le charme de Luguet. Ils étaient porteurs de menaces à peine voilées. Ils préoccupèrent mon grand-père. Il s'ouvrit à Éric de ses nouveaux soucis.

– Les forces du mal se déchaînent, lui dit-il. Que peuvent-elles comprendre à l'action des forces du bien ?

– En effet, dit Éric avec un mince sourire. Nos

méthodes se ressemblent. Mais nos buts sont si différents ! Nous partageons les mêmes moyens. Nous nous séparons sur les fins.

— Sur les moyens aussi, dit mon grand-père. J'ai le sentiment que tuer un homme ou deux ne les gêne pas beaucoup.

— Justement, dit Éric. J'ai un peu réfléchi à cette question. Je me demande si le temps n'est pas venu pour nous de penser à nous protéger.

— De nous protéger de quoi ? demanda mon grand-père. Et de qui ?

— Mais des autres, répondit Éric. De tout le monde. Et de tout. J'ai une idée.

L'idée d'Éric s'appelait Rafik. Elle sortait du garage d'où étaient déjà sortis André Luguet et nos deux voitures de la place Vendôme. Rafik, avant le garage, sortait sûrement d'ailleurs. Il était difficile de déterminer d'où. Je ne suis pas certain qu'il eût sur cette question qui le concernait au premier chef plus de lumières que nous. Il était né quelque part entre le Nil et le Gange. Il ne savait ni où, ni quand, ni de qui. Il racontait volontiers, mais comment l'avait-il appris ? que, dans sa tendre enfance, il avait servi d'alibi à des terroristes et à des trafiquants : il était le nourrisson qu'on se repassait de bande à bande pour endormir les soupçons de la douane et de la sécurité. Il lui restait de cette enfance entourée d'assassins et de gabelous attendris une figure d'ange qui faisait peur.

Plus tard, il avait loué ses services et son corps à des fins très diverses et la plupart du temps très banales. L'une d'entre elles était plus spéciale : il avalait des sachets de drogue d'un côté de la frontière et il les restituait de l'autre. Il avait acquis dans cet exercice qui n'était pas recommandé par les autorités médicales, surtout dans le cas où la qualité du sachet laissait à désirer, une expérience remarquable. Il eût été dommage que sa santé en pâtît : il était d'une beauté qui lui avait beaucoup servi à survivre et à prospérer. La beauté, en fait, constituait son gagne-pain. Il était un homme de main, et un homme de toutes mains. Profession : beauté à vendre ou à louer.

Rafik colportait sur son propre compte toute une série d'histoires où il était difficile de démêler le vrai du faux. Il avait notamment raconté à Éric qu'il s'était acquis les bonnes grâces d'une maison princière, ou peut-être même royale, dont il refusait de livrer le nom par conscience professionnelle et à qui il aurait rendu, lui, l'apatride, le gagne-petit, le sans-nom, mais la belle gueule, un signalé service : il avait, pour une nuit, ou peut-être pour plusieurs, pris la place du prince héritier qui était stérile et qui se désolait, et toute sa maison avec lui, de n'avoir pas d'enfant. Neuf mois plus tard, un gros bébé naissait dans l'illustre famille au comble du bonheur et la fortune de Rafik, efficace et discret, était faite du même coup.

C'est ce même Rafik qu'Éric amena un beau jour au dîner du *Filioque*. Il était d'un calme que rien ne pouvait entamer et sortait rarement de son silence. La parole n'était pas son langage. On le sentait capable de s'exprimer avec plus de succès à coups de pistolet ou de couteau. L'irascible vieillard et le Membre l'informèrent des menaces qui pesaient sur le Groupe. Il les prit au sérieux et établit aussitôt, à la façon d'un médecin, d'un avocat, d'un banquier, d'un confesseur, tout un programme de mesures. Il se révéla inutile d'attendre neuf mois pour en percevoir les bénéfices. Six semaines plus tard, Leila, Éric et moi étions de première force au pistolet, une voiture blindée était à la disposition du Membre et de l'irascible vieillard pour les mener au Traveller's, chez Maxim's, à la Bibliothèque nationale, à l'Institut de France, quai Conti, au ministère de l'Intérieur, place Beauvau, ou au ministère de la Justice, place Vendôme, et le karaté faisait une entrée remarquée au 1 *bis* de la rue de Fleurus.

    – Eh bien, voilà ! me dit Rafik, plutôt content de lui. Le Groupe commence à prendre figure. Encore un effort et il constituera une bande tout à fait présentable.

    – Sois gentil, lui dis-je : inutile d'aller raconter à mon grand-père qu'il est devenu chef de bande. Il ne s'en doute pas encore : il s'imagine toujours être à la tête d'une œuvre de bienfaisance.

    – Vous faites bien ce que vous voulez, me dit-il. Je mets la machine en marche : c'est vous qui la conduisez. Deux, trois bricoles de plus, et elle tournera rond.

    – Des bricoles ? Quelles bricoles ?

    – Bah ! me dit-il, presque rien : quelques premières gâchettes, quelques seconds couteaux... Je peux vous les fournir sans trop de peine. Vous n'allez pas faire vous-mêmes un travail nécessaire, mais qui vous déplairait.

    – Quel travail ? demandai-je.

    – Tu sais bien..., me dit-il. Faire régner un peu d'ordre, se débarrasser des raseurs, répondre aux malotrus, et tout ce genre de choses.

    – Ah ! oui, lui dis-je. Je vois...

    – De nos jours, dit Rafik, si on ne se fait pas respecter, on n'est plus rien du tout.

CHAPITRE TRENTE ET UNIÈME

Place Beauvau – Grandeur et servitude du métier –
Un quarteron de tyrans – Des agents sacrifiés – En
marge – La carotte et le bâton – Le potager de mon
grand-père.

– Ce qu'il nous faut, dit le ministre, et c'est toute la grandeur et la servitude du métier, ce sont des gens qu'on puisse désavouer. Et qui se laissent désavouer. Ce sont des gens assez fidèles et assez courageux pour se laisser désavouer.

C'était place Beauvau, à la réunion du Comité de la Justice citoyenne. Il y avait le ministre de la Justice et le ministre de l'Intérieur, quelques hauts magistrats triés sur le volet, toutes les têtes pensantes de la police et des différents organismes de la sécurité nationale, un certain nombre de benêts venus d'un peu partout avec de bonnes intentions, mon grand-père et le Membre.

On venait d'évoquer, sous le sceau du secret, deux ou trois régions sous influence française où le pouvoir était confisqué par un quarteron de tyrans avides de pouvoir et d'argent. Le ministre de l'Intérieur reprenait la parole :

– Si nous intervenons nous-mêmes, avec l'armée et l'aviation, nous aurons sur le dos la presse, l'Église, l'opposition, les organisations humanitaires et toutes les quincailleries de l'international. L'idéal serait de disposer d'agents qui seraient capables de faire un coup et de renverser les dictateurs. On nous appellerait à l'aide pour les chasser à leur tour. Nous renverrions dos à dos les crapules régionales et nos mercenaires dénoncés. Et les peuples malheureux pourraient enfin respirer. Et, accessoirement, le commerce reprendre.

Deux ou trois participants baissèrent la tête avec une mine offusquée.

– Très intéressant, dit mon grand-père.

Le ministre le regarda :

– Vous voyez ce que je veux dire ?

– Comme si j'y étais, dit mon grand-père.

– Vous me suivez ? insista-t-il.

– Je vous précède, dit mon grand-père.

On parla de choses et d'autres. De la condition féminine. De la fuite des cerveaux. Du désarmement nucléaire. De l'effondrement de la morale. De la lutte contre le terrorisme. On enfila les lieux communs. On se bouscula sur les ponts aux ânes. À la fin de la réunion, le ministre de l'Intérieur eut un bref aparté avec le ministre de la Justice. Et il se tourna vers mon grand-père :

– Vous resteriez quelques instants ?

– Avec plaisir, dit mon grand-père. Puis-je vous suggérer de garder avec nous le professeur Barbaste-Zillouin, membre de l'Institut ?

– Bien sûr, dit le ministre.

Les autres prirent congé. Ils demeurèrent à cinq ou six. Le ministre de l'Intérieur se passa la main sur le visage.

– Ce que j'ai dit d'un petit groupe d'hommes qui agiraient... comment dire ?... en marge de notre autorité a semblé vous intéresser...

– Parlons net, dit mon grand-père. Ce genre de problème nous a toujours passionnés, le Professeur et moi.

– Vous préparez un livre ? demanda le ministre.

– Pas du tout, dit mon grand-père. Les livres m'ennuient beaucoup. Surtout ceux d'aujourd'hui. Non. Nous sommes des moralistes qui avons choisi l'engagement. Nous essayons d'agir. En marge, comme vous dites. Dans le respect de la justice et de la vérité. Mais dans l'ombre. Et en marge.

Le ministre de l'Intérieur jeta un coup d'œil à son collègue de la Justice.

– Je réponds d'eux comme de moi-même, bredouilla Abel Maynard.

– Vous savez, dit le ministre de l'Intérieur, tout ça m'est un peu égal. Vous n'êtes aux ordres de personne. Vous n'avez pas d'instructions. Nous n'avons parlé de rien. Je ne vous connais même pas. Je ne veux pas vous connaître. Je ne sais pas qui vous êtes. Et vous n'êtes pas couverts. Si vous échouez, je vous laisserai tomber. Et si vous réussissez, je vous laisserai tomber aussi. Est-ce assez clair ?

– Très clair, dit mon grand-père. Je n'en demande pas plus. Peut-être oserais-je seulement souhaiter que vous ne nous mettiez pas de bâtons dans les roues ?

– Pas de bâton, dit le ministre. Pas de carotte non plus.

152

– Je n'ai que faire des carottes, dit d'un ton très digne l'irascible vieillard. J'ai mon propre potager.

L'irascible vieillard et le Membre rentrèrent rue de Fleurus avec des mines de conspirateurs. Et ils nous racontèrent ce que je viens de vous raconter.

Le temps s'obstine à passer – Une légende prend son vol – Les V.A., les J.A. – Une association de bienfaiteurs – Naissance d'une bande, mais dessinée – Mercenaires et seconds couteaux – Révolutionnaires professionnels et anciens légionnaires – Une armée à pied d'œuvre.

Oui, le temps avait passé sur la table du *Filioque*. Comme il passe ! Comme il passe vite ! Il sème et il récolte, il construit et détruit, il transforme tout ce qu'il touche. Il avait fait naître le Groupe. Et il le changeait en bande. Qu'il le voulût ou non, mon grand-père était chef de bande. Et nous étions tous sous ses ordres.

Le Groupe était devenu si puissant, ou, ce qui revenait au même, passait pour si puissant, que les bandes rivales y regardaient à deux fois avant de se frotter à nous. À deux ou trois reprises, au cours d'une O.R. ou d'une O.P., des accrochages s'étaient produits entre Japonais ou Siciliens et nous. Grâce aux leçons de Rafik et avec l'aide de ses seconds couteaux, nous nous en étions tirés avec honneur. Nos adversaires, qui pouvaient passer à bon droit pour plus professionnels que nous qui nous présentions comme de modestes amateurs, avaient même, chaque fois, laissé des blessés sur le carreau. Nous les avions ramassés et nous les avions transportés jusqu'à un hôpital où Rafik avait des amis et où Adeline et Leila se dépensaient sans compter au chevet des épaules brisées et des genoux en compote. Cette façon de faire, qui paraissait aller de soi à l'irascible vieillard et au Membre, avait valu au Groupe, jusque chez ses ennemis, une popularité qui commençait, pardonnez-moi, je n'y suis pour rien, je rapporte ce que j'ai vu, à toucher à la légende.

Cette légende était encore accrue par le don de divination dont le Groupe semblait doté. Non seulement il disposait d'une foule d'informations sur les bandes rivales écrasées de stupeur, mais encore il était au courant des intentions les plus secrètes de la police et des C.R.S. Plus d'une fois, à l'occasion d'affrontements qui auraient pu mal tourner entre des bandes de casseurs ou de pillards et nous, nous nous étions retirés à l'instant même de l'arrivée des forces de l'ordre qui ne trouvaient plus en face d'elles que nos adversaires éberlués. Les conversations de la place Vendôme et de la place Beauvau n'étaient pas faites pour des sourds.

Le temps était bien loin où nous écoutions le Membre nous parler d'Arius et de saint Athanase à cette table du *Filioque* où, jaillissant de son fourneau telle une déesse du feu, interrompant d'un seul coup le concile de Nicée, Adeline déposait sous les cris des convives sa tête de veau ravigote ou ses pieds de porc panés. Nous étions pris dans le mécanisme que nous avions monté nous-

155

mêmes. Et il se déroulait inexorablement. Un peu, si vous voulez, à la façon des chapitres d'un livre en train de s'écrire.

Nous étions tous les six, et Rafik avait été invité à se joindre à nous.

– Ce qui va être dit ici et maintenant, commença mon grand-père, est couvert par le secret d'État. Nous ne sommes plus des amis, nous ne sommes même plus le Groupe : nous avons une mission au service du pays.

– Et de la justice, coupa Éric.

– Naturellement, dit mon grand-père. Du pays et de la justice. Nous sommes les Vengeurs Associés.

– Ou les Justiciers Anonymes, proposa Éric.

– Les V.A., remarquai-je. Ou les J.A.

– Il ne s'agit plus d'aller visiter des boutiques dans les quartiers élégants de Paris. Ni de nous promener dans des banques ou dans des entreprises. Il ne s'agit même plus de se frotter, d'ailleurs avec succès, à des bandes de voyous armés de barres de fer et de chaînes de bicyclette. Il s'agit de libérer un peuple exploité par des forbans qui le mettent en coupe réglée. Notre gouvernement ne peut rien : il est ligoté par le Parlement, par l'opposition, par la presse, par les organisations internationales. Par tout ce qu'il y a au monde de dossiers, de trombones, de machins et de freins. Tout ce qui est censé protéger l'innocence protège aussi le crime.

– Ce sont les ruses de l'histoire, dit Éric.

– Ne nous en plaignons pas trop, dit le Membre. Tant que le crime n'était pas protégé, l'innocence ne l'était pas non plus.

– Ce qui est sûr, reprit mon grand-père, avec une ombre d'agacement, c'est que le crime prospère. Sous nos yeux. Et que le gouvernement compte sur nous pour lutter contre lui. Il ne le dira pas, bien entendu. Il ne peut pas le dire. Mais il compte sur nous. Rien n'est plus clair. Le Groupe était né par accident. Il se développait par erreur. Il était devenu une association de bienfaiteurs par la force des choses. Il se transformait en milice privée, en commando parallèle, en organisation de mercenaires grâce à une espèce de malentendu volontaire qui, en l'absence de tout pacte et de tout contrat, arrangeait les deux parties : le gouvernement dont l'impuissance n'avait plus rien à perdre, mon grand-père et le Membre dont les folles espérances, inspirées de Tintin, de Pardaillan, d'Arsène Lupin, de don Quichotte, de Cyrano de Bergerac, de Robin des Bois, et de la bande à Bonnot, avaient tout à gagner. Le Groupe s'était changé en bande – mais en bande dessinée.

Les mesures furent prises assez vite. Il s'agissait de recruter une trentaine d'hommes prêts à tout. À peine plus. Une quarantaine, peut-être. Moins de cinquante en tout cas. Rafik se chargea d'en trouver une douzaine, à des prix défiant toute concurrence, parmi les seconds couteaux dont il m'avait parlé. Éric connaissait une bonne dizaine de révolutionnaires professionnels en train de broyer du noir et de se dessécher sur pied et qui seraient enchantés de participer au renversement d'une dictature militaire. L'irascible vieillard put enfin déchaîner ses fantasmes les plus fous et faire appel au bataillon sacré qui hantait ses rêves depuis si longtemps : le réseau souterrain des anciens légionnaires qui se rongeaient les sangs dans les misères de la vie civile et qui ne pensaient à rien d'autre qu'à retrouver leurs armes et l'occasion de s'en servir.

Croyez-moi si vous voulez : en quelques jours à peine, Éric et mon grand-père se retrouvèrent à la tête d'une petite armée, franchement hétéroclite, disséminée dans toute l'Europe, mobilisée par téléphone ou par correspondance, convenablement entraînée au combat et à la guérilla urbaine, tout à fait ignorante de ce qu'on attendait d'elle et qui piaffait d'impatience.

L'argent, toujours l'argent – Adeline, melons et gre-
nades – Deux émissaires tombés du ciel – Une petite île
africaine – Nous sommes cinquante-neuf – Débarque-
ment à l'aube – À l'école de Trotski et de Malaparte –
Les amis du président – Une affaire vivement menée.

Après quoi courons-nous ? Après l'argent. À quoi
rêvez-vous, hypocrites lecteurs, mes frères, et le jour et la
nuit ? À l'argent. Nous parlons du temps qui passe, des
livres que nous avons aimés, de l'histoire en train de se
faire, des passions de l'amour. Nous ne pensons qu'à
l'argent qui commande notre vie, et l'amour, et les livres,
et le temps, et l'histoire.

De quoi avions-nous besoin pour servir la justice ?
Nous avions besoin d'argent. Nous lançâmes quelques
O.R. contre des fripouilles triomphantes que le système
protégeait. Je vous en épargne le récit : c'était devenu la
routine. Elle nous rapporta largement de quoi payer les
hommes et de quoi acheter des armes. Nous n'avions pas
besoin d'artillerie ni de chars. La petite monnaie nous

suffisait. Trois douzaines de mitraillettes, des grenades, des explosifs et quelques bazookas faisaient bien notre affaire. L'un ou l'autre de ces objets, en transit au 1 *bis*, tombèrent entre les mains d'Adeline. Elle les prit, les soupesa, les contempla longuement comme elle faisait naguère, sur les marchés, au temps du *Filioque*, des melons ou des fromages. Les hommes commencèrent à arriver d'un peu partout. Quelques-uns d'entre eux, qui étaient des amis de l'irascible vieillard, passèrent par la rue de Fleurus. Tout le monde se donna rendez-vous un mardi soir à Villacoublay où une vingtaine de caisses avaient déjà été chargées à bord d'un vieux Transall ou peut-être, je ne sais plus, d'un Hercules des familles.

Nous n'étions pas livrés à nous-mêmes. Comme par enchantement, deux personnages nouveaux étaient tombés du ciel dans notre deux-pièces de la rue de Fleurus. Ils s'étaient présentés avec la plus grande simplicité. Personne ne les avait envoyés. Ils venaient d'eux-mêmes. Ils avaient obtenu notre nom et notre adresse par des amis communs qu'il n'était même pas nécessaire de mentionner. Ils parlaient volontiers de Koufra, de Diên Biên Phu, des Aurès, de Kolwezi. Ils avaient les cheveux coupés très court et ils sentaient le sable, le sel, la forêt et la mer. Divine surprise : ils connaissaient l'Afrique sur le bout des doigts et le pays où nous devions nous rendre comme le fond de leur poche.

Le nom de ce pays, moins important de très loin que le Rwanda, le Burundi, l'Ouganda, le Zimbabwe, l'irascible vieillard m'a demandé de le taire.

— Junior, m'a-t-il dit, voilà près de vingt ans que je te fréquente. Aucun de tes défauts ne m'échappe et je comprends qu'on rie de tout. Mais il y a des secrets qu'il faut savoir garder quand leur divulgation risque de menacer le concert des nations.

Je m'en voudrais d'apporter la moindre dissonance dans le concert des nations. J'obéis à mon grand-père et le nom du pays ne franchira pas mes lèvres scellées par le secret.

C'était une île. Beaucoup plus petite que Zanzibar, dont les trois syllabes font rêver en agaçant les nerfs. Et, non, la petite île n'était pas les Comores. Mais c'était évidemment quelque chose dans ce goût-là. Nous arrivâmes à cinquante-neuf, ce qui était plus que prévu, avec un armement assez fort. Éric répondait de dix personnes. Rafik de vingt et une. Et l'irascible vieillard de vingt-cinq, dont une vingtaine de légionnaires en rupture de ban ou à la retraite et l'ensemble du Groupe – moins Éric, bien entendu, déjà compté ailleurs.

Nous débarquâmes à l'aube. Les deux émissaires spontanés, nous n'avons jamais su leurs noms, l'un s'appelait le Commandant et l'autre, le Conseiller, avaient tout préparé. Un soulèvement militaire avait éclaté la nuit même contre le gouvernement et le terrain d'atterrissage était aux mains des insurgés. Ils étaient une centaine qui se mirent aussitôt à notre disposition. Nous ne manquions pas de cadeaux à distribuer à nos amis : grenades et fusils-mitrailleurs furent extraits de leurs caisses. Nous avions même, miracle ! deux petites chenillettes qui surgirent avec grâce des flancs de l'appareil. Notre troupe fut réorganisée sur place selon des plans établis à l'avance. L'irascible vieillard, et le Membre, et Éric perdirent aussitôt, je dois l'avouer, toute espèce d'autorité. Le commandement, tout naturellement, passa aux mains du Commandant, flanqué d'un légionnaire qui avait le grade de capitaine. Nous fûmes répartis en trois groupes qui comportaient chacun des légionnaires, des hommes de Rafik et des amis d'Éric. Chaque groupe était sous les ordres d'un légionnaire. L'irascible vieillard et le Membre faisaient partie du premier groupe. Éric et Leila, du deuxième. J'appartenais au troisième et je veillais sur Adeline qui arborait sur sa robe blanche une magnifique croix rouge et qui n'avait, je le jure, pas le moindre besoin de tuteur.

Tout se passa très simplement et sur un rythme accéléré. L'opération se révéla à peine plus compliquée que l'attaque de La Toison d'or. Nous avions fait, en quelques mois, des progrès étonnants. Selon les règles classiques d'un Lénine, d'un Trotski, d'un Malaparte remis au goût du jour, la première colonne s'empara de la télévision. La deuxième, de la caserne de la garde présidentielle qui était déjà décimée par la rébellion militaire. La troisième, dont j'étais, alla cueillir au saut du lit le président en pyjama.

Le président était un homme charmant. Il avait tué pas mal de monde, mais il était drôle et cultivé. Rien à voir avec l'affreux Amin Dada ou le sanglant Pol Pot, de sinistre mémoire. Il quitta son pyjama pour une chemise bleue avec un col blanc et un costume rayé du plus heureux effet. Il nous reçut avec urbanité. Il avait fait ses études au quartier Latin et il me parla des Jeanneney, des Cot et de M. Raymond Barre : « Vos grands hommes », me disait-il. Le séduisant tyran les avait tous connus et il gardait de leur enseignement et de leur amitié – il avait logé à Paris chez une cousine des Cot – un souvenir enchanteur. C'était la force des choses qui l'avait détourné de la démocratie et entraîné peu à peu sur la voie des massacres et de la concussion : il aimait trop les voitures – il avait trois Mercedes et deux Rolls – et surtout les avions. Il se rendit sans la moindre résistance et se mit aussitôt à discuter avec le Conseiller des conditions qui lui seraient consenties après sa reddition.

Il y eut naturellement quelques coups de feu d'échangés dans les grandes avenues désertes parsemées d'arbres en fleurs. Il y eut même des blessés, dont plusieurs légionnaires et deux hommes de Rafik. Et il y eut des morts : trois membres de la garde présidentielle qui se défendirent avec plus de vigueur que leur maître, deux passants dans la rue, dont une femme, malheureusement, et elle était enceinte, et deux amis d'Éric qui se croyaient encore en face de C.R.S. sur le pavé parisien. Au début de l'après-midi, l'affaire était terminée. Elle avait duré une dizaine d'heures.

CHAPITRE TRENTE-QUATRIÈME

Irréel et prévu – Des devoirs corrigés – Les sanctions attendues ne se font pas attendre – Un discours en deux points – Douche froide pour le Membre – Remords de l'irascible vieillard – Considérations statistiques sur les week-ends de printemps – Les menottes nous sont épargnées.

La suite fut étrange, avec quelque chose d'irréel. Et tout à fait conforme à ce qui était prévu. Il y avait dans l'île, comme il se doit, un ambassadeur de France. Il sortait de l'E.N.A. et habitait une grande maison dans le quartier élégant. Nous allâmes, à huit ou dix, le Commandant, le Conseiller, le capitaine, Rafik et le Groupe, lui présenter nos devoirs. L'ambassadeur était un homme d'esprit.

– Donnez-les-moi, nous dit-il, que je vous les corrige.

C'était un cours par correspondance, et il fonctionnait bien : les corrections étaient déjà arrivées. Elles enjoignaient à l'ambassadeur de nous décréter tous d'arrestation. Les militaires étaient mis aux arrêts ; les civils, en examen. Un détachement de gendarmes était envoyé de Paris pour nous rapatrier.

– Je m'y attendais, dit avec calme l'irascible vieillard. Mais je ne pensais pas voir gratitude et compliments tomber en pluie si peu de temps après les balles et les grenades.

– Voudriez-vous, nous dit l'ambassadeur avide d'un peu de distraction, accepter mon hospitalité en attendant votre départ ?

Il fut décidé que le Commandant, l'irascible vieillard, le Membre et Éric resteraient à l'ambassade où ils mèneraient la grande vie avant d'être cueillis par les gendarmes. Et que le Conseiller, Leila, Adeline et moi, nous serions les hôtes du nouveau président que notre coup avait mis en place.

Le nouveau président était plutôt moins sympathique que l'ancien. Le Conseiller lui demanda des garanties pour toute l'équipe que nous venions de chasser. Elles furent accordées aussitôt. Et le président nous tint un petit discours en deux points. Premier point : il nous remerciait de notre aide, si précieuse pour la justice et pour la vérité, si nécessaire au rétablissement de la démocratie, et il nous couvrait de fleurs. Deuxième point : toute intervention étrangère étant inacceptable, il se voyait contraint de nous retenir prisonniers jusqu'à l'arrivée des gendarmes, qui ne devait plus tarder.

L'ambassadeur fraternisait au champagne avec les mercenaires rebelles qui étaient confiés à sa garde. Il connaissait notre famille et, le soir même, à un dîner improvisé aux chandelles où, avec la bénédiction du président, sous bonne escorte et sentinelles aux portes, tout le Groupe était invité, il évoqua des souvenirs de cousinage et de chasse avec l'irascible vieillard. Il s'étonna de la présence du Membre parmi ces gens de sac et de corde :

– Vous ici, mon cher maître !

Le maître répondit que la justice et la liberté ne connaissaient pas de frontières.

– J'admire beaucoup votre œuvre, ajouta l'ambassadeur.

– Vous m'avez lu ? demanda le Membre, transporté de bonheur à l'idée que la Biquette eût trouvé enfin, au fin fond de l'Afrique, un lecteur qui ne la traînait pas dans la boue.

– Je m'intéresse, de loin, à l'histoire de l'Église.

– Ah ! dit le Membre, j'y ai consacré la meilleure partie de ma vie.

Mais la déception se lisait sur ses traits.

Le sang versé au cours de l'opération affectait beaucoup mon grand-père.

– Junior, me confia-t-il, trois morts chez l'adversaire, deux chez nous, deux dans la rue : balles perdues ou trop précises. Ce n'était pas ce que nous voulions au temps du *Filioque*. Nous ne t'avons pas élevé, Adeline et moi, dans le culte du sang versé. Ni pour faire de toi un assassin.

– Bah ! intervint le Conseiller qui avait entendu, on ne fait pas d'omelette sans casser des œufs. C'était la révolution. C'était la guerre.

– Je veux bien faire la guerre, dit l'irascible vieillard. Je la préfère sans morts.

– Des guerres pacifiques et humanitaires d'un bout à l'autre, remarquai-je : oxymoron très moderne.

– Celle-ci, reprit le Conseiller, a fait moins de morts qu'une seule journée de circulation, un week-end de printemps, sur les routes de France. La vie est faite d'accidents. Je suis désolé pour la jeune femme, pour l'enfant qu'elle portait, et pour ceux qui l'aimaient. Les autres, la mort est leur métier et on ne va pas se battre si on n'accepte pas de mourir.

– J'éprouve, dit mon grand-père, quelque chose comme du remords.

– Si nous n'avions pas agi, il y aurait eu, soyez-en sûr, beaucoup plus de sept morts.

– Alors..., dit mon grand-père. Si c'était nécessaire...

Il se reprit aussitôt et exprima son trouble avec une laconique profondeur où se dissimulaient en silence les rapports ambigus entre morale et action :

– Mais c'est moche.

Il demanda à voir un prêtre pour se confesser. Le prêtre était un ami du nouveau président. Des milliers de morts ne lui auraient pas fait peur. Il accorda l'absolution à l'irascible vieillard sans la moindre difficulté et aux meilleures conditions. Et il l'encouragea à poursuivre son action en faveur de la justice et de la vérité. Ces bonnes paroles mirent un baume sur les plaies du chef de guerre malgré lui. L'image de la jeune femme étendue dans son sang sous les palétuviers continuait pourtant à le hanter.

Il n'eut guère le temps de s'interroger sur les problèmes si délicats de la fin et des moyens, ni sur le caractère sacré de la vie des enfants du Bon Dieu, ni sur les relations entre morale de responsabilité et morale de conviction. Les gendarmes arrivèrent le lendemain et nous ramenèrent en France. Nous avions rendu nos armes. On nous épargna les menottes.

CHAPITRE TRENTE-CINQUIÈME

*Le ministre hésite un peu – Charmes de l'Ardèche – J'ai
encore une idée – Le club des suicidés – « La vie vous
pèse ? Téléphonez ! » – Des bataillons de désespérés –
Double allusion littéraire.*

– On pourrait vous coller, j'hésite un peu, soit cinq ans
de prison, soit la Légion d'honneur...
– Peut-être les deux ? dit mon grand-père.
– Ou peut-être ni l'un ni l'autre ?
Le ministre de l'Intérieur avait accueilli l'irascible
vieillard avec un mélange de feinte irritation et de sar-
casmes qui cachait assez mal un réel soulagement. Tout
s'était passé – sauf les sept morts, et peut-être y compris
les sept morts – de la façon la plus convenable. Débar-
rassé de ses alliés qui avaient fait tout le travail mais qui
commençaient à l'encombrer, le nouveau président avait
témoigné ouvertement, sinon gratitude, du moins satis-
faction. Et l'ancien n'était pas mécontent des conditions
très favorables qu'il avait obtenues : à défaut de ses
avions, il conservait ses voitures. Le Commandant et le

Conseiller avaient disparu comme ils étaient apparus : d'un coup de baguette magique. Anciens ou moins anciens, la Légion se débrouillait avec ses légionnaires. Les hommes de Rafik et d'Éric plaidaient la bonne foi et l'ignorance avant de replonger dans la foule d'où ils étaient sortis. Toute l'affaire retombait, selon les plans établis, sur les épaules du Membre et de l'irascible vieillard. Il n'y eut pas de carottes, mais il n'y eut pas de bâton. On conseilla au Groupe, qui faisait à nouveau, dans un mélange étonnant de mystère et de vacarme, la une de tous les journaux, de se montrer plus discret et de se retirer à la campagne. Le Membre avait une maison près d'Aubenas. Nous partîmes pour l'Ardèche.

– Je me demande, dit Éric, s'ils commencent à faire le lien entre La Toison d'or et nous ?

– Voyons ! dit mon grand-père, tout cela est couvert par l'absence de négociation que nous avons menée avec tant d'élégance.

Je crois que l'irascible vieillard avait raison une fois de plus.

Nous restâmes en Ardèche le temps de laisser s'apaiser les rumeurs de l'affaire africaine. La télévision, qui avait tant contribué à nous faire connaître, ne mit pas beaucoup de temps à nous faire oublier et à nous oublier. Un peu de sport et quelques scandales y suffirent largement. Quand le président d'un État de l'Amérique latine fut renversé par l'armée sans le moindre concours de notre part, nous sous sentîmes autorisés à rentrer rue de Fleurus.

Ce qui travaillait mon grand-père, c'était la vie et la mort de ceux qu'il entraînait avec lui. Une autre idée me vint. Remarquez, je vous prie, leur fréquence sous mon crâne. Elle consistait, rien de plus simple, à recruter des hommes qui, ne tenant plus à la vie, ne souhaitaient plus que la mort. Les motifs ne manquaient pas : le cancer, des dettes, une mélancolie noire, un amour malheureux. La table du *Filioque* était encore ouverte. Je m'y expliquai devant le Groupe.

– Nous devrions servir d'asile à ceux qui en ont assez de la vie et de dernière espérance à ceux qui n'en ont plus. Nous pourrions constituer une espèce de club des suicidés en sursis. Avec des hommes, et des femmes, qui n'attendent plus que la mort, nous gagnons sur tous les tableaux – et eux aussi, du même coup : ou bien nous nous occupons d'eux, nous les sauvons de leur chagrin, nous les arrachons à eux-mêmes ; ou bien, mieux encore, nous les rendons à eux-mêmes, nous leur offrons la mort sur un plateau d'acier et nous comblons tous leurs vœux.

Ma proposition fut accueillie par le Groupe avec un bienveillant intérêt. Dès la semaine suivante, on pouvait découvrir dans la presse – peut-être les avez-vous lues ? – des annonces telles que celles-ci :

La vie vous pèse ?
Nous connaissons le remède à vos maux.
B.P. 237

---

ou

Malheureux(se) ? Désespéré(e) ?
Ne vous suicidez pas !
Venez plutôt nous voir.
Adresser correspondance au journal qui transmettra.

---

ou

> *Elle en aime un autre ?*
> *Votre santé vous inquiète !*
> *Vous voulez en finir ?*
> *Tél. (16-1) 45 68 26 57*

Les demandes affluèrent. Les Werther, les René, les Rubempré, les feux follets téléphonèrent en masse. Ce fut, à nouveau, je me maudissais moi-même, un travail écrasant. La querelle des Anciens et des Modernes, les ablatifs absolus, les équations du second degré, l'avènement du machinisme s'étaient frayé un chemin entre grenades et bazookas : j'avais réussi, Dieu sait comment, entre les gouttes du Groupe, à décrocher mon bac. Ce n'était rien au regard du tri des candidats au suicide. Je vis, par centaines, des amants éplorés dont le ciel était vide, des héritiers ruinés que le fisc pourchassait et des malades condamnés qui se portaient encore bien et qui avaient peur de souffrir.

– Que voulez-vous ? leur demandais-je.

– Mourir, me disaient-ils.

– Parfait, leur répondais-je. Je vous engage. En principe, vous mourrez.

– Merci, monsieur, me disaient-ils.

– Maintenant, ajoutais-je dans un grand élan de loyauté, on ne peut jurer de rien. Il n'est pas impossible que la mort se refuse à vous.

– C'est bien possible, me disaient-ils. Nous n'avons jamais eu de chance.

171

– Alors, je vous le promets, nous vous en aurons tant fait voir que vous aurez tout oublié.

Presque tous signaient. Nous avions à nos ordres une formidable armée de suicidés en puissance. Des régiments d'incurables. Des bataillons de désespérés. L'idée de mourir les enchantait. L'idée de faire quelque chose, et même n'importe quoi, en attendant de mourir leur permettait de survivre. Quand nous leur disions, en plus, qu'ils allaient se battre et, dans le meilleur des cas, mourir pour la justice et la vérité, la vie, pour eux si sombre, reprenait ses couleurs. Comme Fabrice del Dongo, comme le hussard sur le toit, ils étaient fous de bonheur.

CHAPITRE TRENTE-SIXIÈME

J'écris l'histoire – Un éclair dans une longue nuit –
Rendre la vie aux morts et parfois aux vivants – Le
Groupe tisse sa toile – Un Cuba au petit pied – « Allô !
ici Ronald Reagan ! » – Infinie bonté de Sa Sainteté à
mon égard – Double hommage à l'Élysée – Les vic-
times sont notre royaume.

Un bon bout de l'histoire de ce temps, c'est nous qui
l'avons écrit. Au milieu de tant de désastres et d'horreurs
à la chaîne, chaque fois que vous appreniez une nouvelle
qui vous rendait enfin un peu de plaisir et d'honneur,
c'était à nous que vous la deviez : les V.A., les J.A.
avaient encore frappé. Un éclair de justice avait brillé
dans le ciel. Et la nuit, un instant, s'était illuminée.

La mort que nous avions promise à nos désespérés n'a
pas été toujours, ni peut-être même souvent, au rendez-
vous du destin. Mais à force de faire du bien en punissant
les méchants, les voleurs, les hypocrites, les menteurs,
ceux qui violent les enfants avant de les tuer, à force aussi
de donner aux autres un peu de bonheur inattendu et

qu'ils n'espéraient plus, nous avons aidé à vivre ceux qui voulaient mourir. Et par-dessus le marché ceux qui voulaient seulement vivre.

Un mystère nous entourait. Mais la légende faisait son chemin. Le Groupe commençait à être connu à travers le vaste monde. Non pas du grand public pour qui ces quelques pages seront une révélation, mais du petit nombre de gens qui décident pour les autres. Beaucoup parmi eux firent appel à nos services. On nous vit au Liban, au Cachemire, en Bosnie, au Soudan, en Éthiopie, en Colombie, en Arménie, en Tchétchénie, en Roumanie et en Sicile, aux États-Unis et en Inde, au Japon et en Iran, en Algérie, au Mexique. Là où les autres n'allaient plus, ou n'allaient pas encore, on nous voyait débarquer. Que de drames nous avons vécus ! Que de comédies aussi ! Si quelqu'un était capable de l'écrire, quel formidable roman d'aventures, enfoncé, Stevenson ! enfoncé, Rudyard Kipling ! enfoncés Dumas, et Balzac, et Zola, et Darien ! constitueraient, sous le titre le plus simple – *Les Vengeurs Associés*, par exemple, ou *Les Justiciers Anonymes* –, ces farces et ces tragédies ! Vestige du monde moderne, magie des passions de toujours, il nous entraînerait dans les cinq continents, partout où l'injustice avait besoin d'être combattue et la vérité, d'être proclamée.

Le Groupe aura été présent un peu partout sur une planète où régnait le malheur. En marge des grandes puissances dont dépend notre destin – États-Unis, Angleterre, France, Allemagne, Chine ou Japon, Russie –, nous aurons plus que personne pesé sur cette fin de siècle. Nous aurons été quelque chose entre la Providence et Arsène Lupin, entre l'O.N.U. et la Mafia. Notre seul rival, en plus grand, aura été Cuba. Cuba aussi, en même temps que nous, intervenait un peu partout dans le monde, dans les deux Amériques, en Afrique, en Europe, au Proche-Orient et ailleurs, pour répandre ses idées et défendre l'image que Castro et le Che se faisaient de l'histoire. Cuba aussi, comme nous, sera entré dans la légende. Ce que Cuba aura été à la Révolution et à l'Empire, un rêve, un délire, l'ambition surhumaine de changer le monde et la vie, le Groupe l'aura été à Cuba. Nous aurons été, à l'extrême fin du deuxième millénaire après ce Christ dont se réclamait mon grand-père, une sorte de Cuba au petit pied et privé. Si, pour des raisons que nous verrons tout à l'heure, tout souvenir du Groupe n'est pas extirpé de la mémoire collective, je crois que nous prendrons place, oh ! une note en bas de page, dans l'histoire de ce temps.

Tout cela, ces songes sans fin et ces grandes aventures, sera sorti du Luxembourg, de ses arbres, de ses bancs, des pieds de porc d'Adeline et de la table du *Filioque*. Un fil court de Byzance, de Constantin, de Justinien, des logothètes du drôme, des conciles de Nicée et d'Éphèse racontés par le Membre jusqu'aux Vengeurs Associés, jusqu'aux Justiciers Anonymes. Pour faire plaisir à mon grand-père, j'ai essayé de suivre ce fil et de retracer leur genèse.

Que de chemin parcouru depuis les premières évocations par le Membre d'Arius et de Nestorius qui nous faisaient tant rêver, depuis l'arrivée chez mon grand-père de Leila et d'Éric ! Que de fois, rue de Fleurus, le téléphone aura sonné ! Le clan Kennedy dans sa totalité et le secrétaire général Gorbatchev, Václav Havel et Nelson Mandela, le dalaï-lama et le pape, tous, bien souvent, et bien d'autres encore, je les ai tenus, quelques instants, au bout de mon téléphone.

– Allô ! allô ! ici Ronald Reagan !

– Bonsoir, monsieur le président ! Je suis Casimir.

– Ah ! Casimir ! Passez-moi votre grand-père, voulez-vous ? Il faut que je lui parle d'urgence.

– Impossible, monsieur le président ! Il se promène au Luxembourg avec le professeur Barbaste-Zillouin.

– *Please*, Casimir, *don't forget* : qu'il me rappelle dès son retour.

– Je lui ferai le message, monsieur le président. Dites mes hommages à Nancy.

– Elle vous embrasse. À bientôt.

Il raccrochait très vite. Il était sympathique, mais toujours pressé. Par quoi donc, mon Dieu ? Peut-être parce qu'il avait l'éternité pour lui, le Saint-Père, lui, prenait tout son temps. Dès ses premiers mots, je reconnaissais l'accent inimitable du pontife polonais.

– Allôô ! jeûne hôôme ?

Je me jetais à ses pieds, à l'autre bout du fil, je le suppliais d'accepter l'hommage de mon respect filial. Il prenait la peine de m'expliquer qu'il appelait de Castel Gandolfo ou qu'il venait de regagner, cahin-caha, ses appartements du Vatican. Il me parlait volontiers de la restauration de la chapelle Sixtine et de la Garde suisse, dont il me confiait en riant qu'elle ne pouvait pas rivaliser en efficacité avec les Vengeurs Associés. Il me demandait des nouvelles du Membre qui venait de faire son entrée à l'Académie pontificale qui, pas plus que mon grand-père, ne semblait avoir eu vent de *Biquette et son trou*. Il poussait la bonté jusqu'à s'informer de mes études qui n'étaient pas brillantes, ce qu'aucun chef d'État n'avait jamais daigné faire. Je suis devenu, rien d'étonnant, un fervent partisan de Jean-Paul II et je le défends volontiers contre ses détracteurs qui ne se sont pas, comme moi, épanchés au téléphone dans le sein du successeur de Léon X, de Jules II et de Grégoire le Grand sur le trône de saint Pierre.

François Mitterrand et Jacques Chirac nous ont toujours témoigné la plus amicale bienveillance. Le Groupe, il est vrai, leur avait rendu et à l'un et à l'autre de signalés services. Suivez mon regard. Cherchez un peu dans votre mémoire, si percée qu'elle puisse être, et vous trouverez sans peine les traces de notre présence à leurs illustres côtés. Aussi, quand le fisc ou la justice, bénis soient ces saints chrêmes, ont eu l'idée saugrenue, personne ne sait pourquoi, de nous chercher des poux dans la tête, leur soutien affectueux ne nous a-t-il pas manqué. À la demande expresse de mon grand-père, je tiens à inscrire ici leurs noms chargés d'histoire en hommage de gratitude.

L'irascible vieillard et le Membre avaient vite pris l'habitude de ne s'entretenir au téléphone qu'avec les chefs d'État. Un Pérez de Cuéllar ou un Boutros Boutros-Ghali, un Jacques Delors, un Federico Mayor leur étaient assimilés. Le reste nous était abandonné, à Leila, à Adeline, à Éric et à moi. Chacun de nous avait ses têtes, ses amis, ses chouchous. Éric s'était taillé un royaume chez les directeurs de cabinet et chez les conseillers spéciaux. Il jonglait avec eux comme un phoque avec ses ballons.

– Allô ! Henry ? Tout baigne ?

ou

– Allô ! Jacques ? Toujours fringant ?

La toile d'araignée des Justiciers Anonymes s'étendait sur le monde. Nous renversions des régimes, nous volions au secours d'une enfant malheureuse.

177

CHAPITRE TRENTE-SEPTIÈME

Une rude épreuve – Pas de politique – J'émets une fine remarque – Ce qui s'oppose se ressemble – Un mort heureux – Un bon mot du président – Lauriers et discours – Opération Palinodie *– Un arrière-goût d'amertume.*

Une épreuve un peu rude attendait mon grand-père. Nous venions de nous attaquer à un escroc de haut vol soutenu par plusieurs gouvernements, à un assassin d'enfants libéré par des juges iniques, à un cardinal concussionnaire qui avait l'oreille du Vatican. Nous rentrions d'Indonésie où nous avait appelés une affaire délicate dont les détails ne pourront être révélés que le siècle prochain par les archives du *State Department*, du Quai d'Orsay et du *Foreign Office*. Nous étions engagés avec le clan des Japonais et les services secrets, flanqués de la D.S.T. et des Renseignements généraux, dans une partie triangulaire qui ne manquait pas d'intérêt. Nous nous apprêtions à repartir, notre agenda était bourré à craquer, pour la Transylvanie où Hongrois et Roumains se regardaient en chiens de faïence, puis pour la malheureuse Arménie, guettée par de nouveaux chagrins, quand Éric reçut un appel du secrétariat général de l'Élysée.

Le secrétaire général était un diplomate de la vieille école qui savait garder un secret et un ami fidèle avec qui nous avions déjà traité pas mal d'affaires. Sa voix, ce matin-là, n'était pas des plus claires. On pouvait comprendre pourquoi : le nouveau président que nous avions installé sur son île africaine se révélant bien pire que le premier que nous avions destitué, on nous demandait de le destituer à son tour pour installer de nouveau à sa place celui que nous avions destitué.

– Vous vous moquez de moi ? disait Éric.

– Oh ! cher ami ! N'en croyez rien, cher ami. L'intérêt supérieur de la nation...

Nous n'avions jamais mis le doigt dans l'engrenage de la politique. Vous savez que l'irascible vieillard et Éric avaient des opinions diamétralement opposées. Avec l'accord d'Éric, mon grand-père veillait à interdire au Groupe toute dérive politique.

– Pas d'enrichissement personnel, répétait-il. Pas de violence gratuite. Et pas d'engagement politique. La justice et la vérité.

– Ah ! disait au bout du fil le secrétaire général à Éric médusé, c'est que le nouveau président foule aux pieds toute notion de justice et de démocratie. Des massacres ont eu lieu. Et nous en craignons de nouveaux.

– Mais je croyais, bredouillait Éric, que l'ancien président avait tué beaucoup de gens ?

– Il en a tué, c'est certain. Mais il semble qu'il n'ait tué que ceux qui voulaient le tuer. Il a surtout tué des ennemis de la justice et de la vérité. C'est extrêmement regrettable. Mais les renseignements dont nous disposons indiquent que son successeur se prépare à tuer les amis de la justice et de la liberté. Ce qui serait, vous en conviendrez, encore bien plus désolant.

Le Groupe se réunit, comme dans le bon vieux temps, autour de la table du *Filioque* pour discuter de la situation. Les informations qui nous avaient été communiquées ne laissaient pas beaucoup de doute : le nouveau président était une canaille dont les excès et les abus laissaient loin derrière eux les abus et les excès de l'ancien président.

– En somme, murmurai-je, il s'agit de lancer une O.R.M.M. aux dimensions internationales.

En dépit de ma répugnance à me mettre en avant, je me vois contraint de l'avouer : la justesse de ma remarque frappa beaucoup le Groupe. Elle entraîna la décision de l'irascible vieillard et celle du Professeur :

– Toute injustice réclame réparation. Les injustices que nous avons commises exigent une action de notre part pour essayer de les effacer.

Nous repartîmes une nouvelle fois. La deuxième expédition fut la réplique exacte de la première. Elle lui ressembla trait pour trait, à un seul point près : elle était juste le contraire. Nous commencions à le savoir : rien ne se ressemble comme ce qui s'oppose.

Nous débarquâmes. On nous attendait. Selon les règles les mieux établies et notre vieille habitude, nous prîmes la télévision et, quelques heures plus tard, la caserne de la garde. Nous étions plus aguerris : nous ne tuâmes personne. Un des nôtres fut tué. Une femme l'avait quitté. Il était malheureux. Il mourut dans mes bras, ses vœux enfin comblés, avec des mots de gratitude et, pour une fois, heureux.

Nous allâmes trouver le président. Il guettait notre arrivée pour réclamer des garanties. Nous connaissions la musique : nous les lui accordâmes aussitôt. Nous tombâmes dans les bras de l'ami des Cot, des Jeanneney et de M. Raymond Barre. Il avait toujours su, nous dit-il, que nous reviendrions. Il ne nous en voulait pas de l'avoir destitué puisque nous le restituions. Il nous raconta des histoires qui nous firent pleurer de rire et il nous offrit du champagne. Nous le bûmes de bon cœur.

Il maniait le français avec toujours la même élégance et il entendait faire honneur aux leçons de ses maîtres de l'École de droit et des sciences politiques. Le Membre lui demanda avec ingénuité des nouvelles de sa santé, comment il avait supporté son éloignement du pouvoir et à quelles activités il s'était livré en ces temps de loisir obligé. Il répondit :

Toujours fidèle à ma conduite
Et sans trop nuire à ma santé,
Je tire encore deux coups de suite,
L'un en hiver, l'autre en été.

Où allait-il chercher des trucs comme celui-là ?

Personne n'eut le ridicule de nous envoyer des gendarmes. Nous rentrâmes tous à Paris nous mettre à la disposition du gouvernement et de la justice. Dieu seul sait pourquoi, l'affaire ne fit pas le moindre pli. La presse en parla à peine, et seulement pour nous couvrir de lauriers. Le ministre donna en notre honneur une espèce de raout où il prononça un discours. Tout allait bien. Presque trop bien. Le succès de l'opération que nous avions baptisée *Palinodie* laissa chez mon grand-père un arrière-goût d'amertume et comme une plaie secrète.

CHAPITRE TRENTE-HUITIÈME

Une drôle d'aventure – Menaces sur le Groupe – Nous partons tout de même – On tire sur nous – Subtilité infinie de l'irascible vieillard – Victimes contre héros – Une tâche impossible – Les méchants et les bons – Un mot d'un nommé Beckett – Lumière et obscurité dans un vieux texte zen.

La plaie fut envenimée par une curieuse aventure. Plus obscure, plus déplaisante, plus ambiguë que les autres. Et plus compliquée. Je vais essayer, si je peux, ouvrez grandes vos esgourdes, de vous la raconter avec les mots les plus simples. Et le plus vite possible. On ne va pas fêter Noël sur nos expéditions.

C'était dans un de ces pays d'aujourd'hui, déchirés par la guerre civile. La violence faisait rage. La propagande aussi. Le Groupe avait apporté son aide à un des deux camps contre l'autre qu'une série d'attentats et de cruautés avait discrédité. L'adversaire avait poussé les hauts cris et annoncé des représailles contre les Vengeurs Associés.

Le Groupe devait, en ces temps-là, se rendre dans ce pays pour une nouvelle mission qui n'était pas de nature à nous réconcilier avec nos adversaires : il s'agissait de retrouver et de ramener trois hommes dont l'histoire serait trop longue à rapporter ici et qui avaient trouvé refuge dans les montagnes.

– Ce ne sont pas les menaces qui nous feront reculer, avait dit mon grand-père. Nous partons comme prévu.

Nous partîmes. Nous arrivâmes sur un terrain d'atterrissage où nous attendait un hélicoptère envoyé par nos amis. Il était chargé de nous emmener vers le secteur où nous guettaient les trois hommes. Le trajet comportait des risques. Le pilote bégayait, ce qui n'était pas grave. Il semblait aussi avoir été choisi par concours ou sur dossier pour sa stupidité, ce qui l'était un peu plus. Il communiquait par radio, en un discours haché, avec son quartier général.

La première partie du vol se passa sans histoire. À une demi-heure de notre but, ou peut-être un peu moins, nous essuyâmes quelques tirs. La radio nous enjoignit de modifier notre vol et de faire un détour par des couloirs plus sûrs. Au bout de cinq minutes, les tirs reprenaient.

– Je n'y com-comprends rien, bégaya le pilote. Je suis pa-passé par là hier et toute la ré-région était aux mains des nô-nôtres.

L'irascible vieillard le regarda.

– Qui vous a désigné pour venir nous chercher ?

– C'est le gé-général ✱✱✱.

– Je le connais. Pouvez-vous me le passer ?

– Je crois que oui.

Presque aussitôt, l'irascible vieillard avait le général en ligne et échangeait avec lui quelques mots apparemment assez vifs dont le détail m'échappait.

Il se tournait vers le Membre et vers Éric et ils s'entretenaient tous les trois à voix basse pendant que le bégayeur me mitraillait dans l'oreille des syllabes à répétition et que les tirs se poursuivaient de plus belle.

– Reprenez votre direction primitive, cria mon grand-père au pilote.

Le pilote obéit. Les tirs se calmèrent.

– Maintenant, dit mon grand-père, changez franchement de cap et survolez les positions ennemies.

Le bègue, hésitant, l'interrogea du regard.

– Faites ce que je vous dis, ordonna mon grand-père.

Le pilote inclina la tête. Pendant près de dix minutes, l'hélicoptère poursuivit sa route sans le moindre incident.

– Écoutez-moi, dit mon grand-père en parlant avec lenteur, comme à un enfant. Vous allez obéir aux instructions de votre radio et repasser en territoire contrôlé par nos amis. Mais gardez de la hauteur et à la première alerte revenez de ce côté-ci.

En quelques instants, l'hélicoptère reprenait l'itinéraire indiqué par la radio. Cinq minutes plus tard, un tir nourri éclatait. Obéissant aux instructions de l'irascible vieillard qui ne donnait pas le moindre signe de peur ou d'agitation, l'hélicoptère bondissait et échappait au barrage.

– Je crains que la preuve ne soit faite, murmura mon grand-père.

– La preuve de quoi ? demandai-je, ahuri comme d'habitude.

– Ce sont nos amis qui tirent sur nous, dit l'irascible vieillard. Il faut être économe de son mépris, étant donné le grand nombre des nécessiteux.

L'opération, malgré tout, fut menée à bonne fin. Nous ramenâmes nos trois hommes. Le général *** et les siens

184

nous accablèrent d'éloges et de remerciements. Le bègue reçut sur place une promotion qui le frappa de stupeur et le fit paraître, aux yeux des autres comme aux siens, plus abruti encore que d'habitude. Nous avions assez de contacts dans les deux camps pour découvrir la vérité. L'irascible vieillard l'avait déjà devinée sous le feu des batteries. Une idée de génie était venue au général *** : c'était de faire abattre notre hélicoptère par ses amis et de faire porter le chapeau à ses ennemis. En jouant, sans trop de risque, le rôle de victime sur notre dos, il gagnait sur tous les tableaux.

– Junior, me dit mon grand-père, le monde d'aujourd'hui est devenu si cruel qu'il offre aux ambitieux deux formules différentes : la première consiste à organiser des attentats et la deuxième, à les subir. Il est bon d'être craint, il est meilleur d'être plaint. Peut-être entrons-nous dans un temps où la statue de la victime remplacera celle du héros.

L'affaire affecta mon grand-père plus encore que la palinodie africaine. Ce qui les rapprochait, Éric et lui, si éloignés l'un de l'autre, c'était la conviction que le monde était en noir et blanc, que le bien était d'un côté et le mal de l'autre. Le Groupe n'en finissait pas d'apprendre que la force du mal est de se confondre avec le bien et que le drame du bien est de nourrir le mal. Le secret des bons, c'est qu'ils sont aussi des méchants. Et le miracle des méchants, c'est qu'ils finissent toujours, un jour ou l'autre, et jusqu'au fond de l'abjection, par se changer en bons. Et parfois, selon les mystiques, en meilleurs que les bons.

Je suis tombé sur une phrase d'un type dont j'ignore tout et qui s'appelle, je crois, Beckett. Elle m'a bien plu :

185

« S'il n'y avait que l'obscurité, tout serait clair. C'est parce qu'il n'y a pas que de l'obscurité, mais aussi de la lumière, que notre situation devient inextricable. » Peut-être, après tout, ne fait-elle que reprendre un vieux texte zen que j'ai lu quelque part :

Dans la lumière existe l'obscurité.
Dans l'obscurité existe la lumière.

CHAPITRE TRENTE-NEUVIÈME

*La passe de Khyber – Mort de Rafik – Je vieillis –
Gnomes de Zurich et gourous de Wall Street – Luguet
connaît la musique – En queue de cortège – Casseurs
de la justice et de la vérité – Les piliers et les fondements.*

Rafik fut tué dans la passe de Khyber. Il n'avait pas
de chagrin d'amour, il était en pleine santé. Parmi tant
de candidats à un départ prématuré, lui ne voulait pas
mourir. Les systèmes ne marchent jamais. C'est lui que
la mort choisit. Il mourut très bien, très proprement,
une balle entre les deux yeux. Et Khyber, quoi de
mieux ? *It stands for all the fables of the exotic East.* Il
n'y eut de faire-part ni dans *Le Monde*, ni dans *Le
Figaro*, ni dans *Libération* : son corps est enterré dans
un cimetière de Peshâwar. Il était rentré chez lui. Cet
apatride, peut-être arabo-musulman, qui ne croyait ni
en Dieu ni en Diable et dont rien ne le rapprochait,
mon grand-père le pleura comme il eût pleuré un fils.
Les Vengeurs Associés lui survécurent quelque temps.

Mais le déclin du Groupe était déjà inscrit dans la mort de Rafik.

Mon grand-père vieillissait. Moi aussi. Il inclinait vers la tombe. Moi, c'était pire : je devenais un homme. Quel ennui ! Le temps allait venir très vite où m'amuser de tout sans jamais croire à rien ne me serait plus permis. Le Groupe restait très uni. Et, coupés bien souvent de téléphones d'Israël, d'Arabie Saoudite, de Pékin ou de Tokyo, les dîners du *Filioque* n'avaient rien perdu de leur chaleur. Mais un peu de leur charme.

Le Membre n'avait plus guère le loisir de nous raconter les histoires fabuleuses de Zénobie, reine de Palmyre, ni de Jean du Plan Carpin ou de Guillaume de Rubroek à la poursuite du grand khan des Mongols. Nous avions trop de travail. C'est la gestion du succès qui empoisonne le succès. Chacune de nos missions nous rapportait beaucoup d'argent. Il fallait le placer, le faire fructifier, et le distribuer. Par la force des choses, l'irascible vieillard était devenu chef de bande. Par la force des choses, le Groupe se transforma en banque. Les Vengeurs Associés se terminaient, ah ! la vie est trop dure, en entreprise financière.

Parce que tout enrichissement personnel nous était interdit, le Groupe acquit en peu d'années une véritable puissance politique et économique.

– Bientôt, ricanait Éric, nous serons cotés en Bourse.

Chacun de nous aurait pu s'acheter un château sur la Loire, une maison au cap d'Antibes, un palais sur le Grand Canal, un appartement à Genève et un avion privé. Tout allait toujours au Groupe. Il établissait des liens avec la Buba, qui règne sur l'Europe, avec le Banco di Santo Spirito ou la Banca Ambrosiana, de célèbre mémoire, qui gèrent les fonds du Vatican, avec les banques de Russie ou du Mexique, que leur force et leur fragilité rendent également redoutables. Le Membre, Éric et moi prenions place, avec modestie et résolution, parmi les gnomes de Zurich et les gourous de Wall Street. André Luguet était devenu notre gérant, notre avocat d'affaires, notre fondé de pouvoir.

– Connaissez-vous un peu de droit, monsieur ? lui avait demandé l'irascible vieillard.

– Hélas ! monsieur, avait-il répondu, beaucoup trop, et trop bien.

Il s'acquittait de ses tâches avec cette honnêteté scrupuleuse que seul le grand banditisme est encore capable d'enseigner parce qu'il est le seul à cultiver encore les deux fleurs vénéneuses de la répression et de la punition. Nous figurions avec bonheur dans les colloques mystérieux qu'abritent les Alpes suisses. À Londres, à Oxford, à Davos, à Bellagio, à Paris aussi, quai Conti, le Membre jonglait avec l'avenir des nations et il écrivait des articles, illisibles d'ennui et aussitôt démentis par la réalité, dans *Le Monde*, dans *Le Figaro* ou dans la *Revue des Deux Mondes*.

La vie était violente et calme. Nous ne nous sommes pas ennuyés. Nous nous battions contre les bandes rivales, nous jouions à cache-cache avec la police contre laquelle nous luttions, à qui nous donnions des conseils par l'entremise du Membre et de l'irascible vieillard et dont nous nous servions à nos fins personnelles. Nous allions faire le coup de feu en Amérique centrale, en Ruthénie subcarpatique, au Ladakh, au Soudan, aux Célèbes, au Yémen, et nous rentrions rue de Fleurus où nous attendait, sur la table du *Filioque*, la tête de veau d'Adeline.

De temps en temps, nous participions à l'un ou l'autre de ces grands cortèges qui traversaient Paris. Peut-être avez-vous aperçu, un jour ou l'autre, des banderoles au nom du Groupe, des Vengeurs Associés ou des Justiciers Anonymes ? Nous parvenions sans trop de peine, comme tout le monde, à réunir quelques centaines de manifestants et nous étions, à notre habitude, inconnus et présents.

– Le Groupe ? disait-on place Vendôme, le Groupe ? Qu'est-ce que c'est que ça ?

– Oh ! disait d'un air vague l'irascible vieillard, quelques farfelus, j'imagine.

En queue de cortège, pour parler comme les journaux et comme la préfecture, il nous arrivait encore de lancer, dans la confusion générale qui nous servait de rideau de fumée, des O.R. ou des O.P. Beaucoup de voitures consumées par le feu, beaucoup de boutiques pillées de fond en comble : c'était nous. Voitures et boutiques étaient censées appartenir à des individus de la moralité la plus douteuse. Mais nous nous trompions, vous le savez, plus souvent que de raison. L'irascible vieillard, qui continuait à déjeuner, place Vendôme, avec le ministre de la Justice et qui siégeait, place Beauvau, aux côtés du ministre de l'Intérieur, était, il faut bien le dire, à la tête d'une bande de casseurs.

Nous étions les hommes de main de la justice et de la vérité. Nous étions des héros, des bandits, des mandarins, des voyous, des gendarmes et des voleurs, les piliers de la société et ses ennemis les plus farouches : nous la soutenions à bout de bras et nous en sapions les fondements.

CHAPITRE QUARANTIÈME

De belles obsèques à Saint-Sulpice – Deux strophes de
La Jeune Garde – *La nuit tombe sur le Groupe – Un*
pompiste à Bergame – Barouf à Éphèse – *Éric change*
plus que le monde – Les espérances évanouies – La
célébration, stade suprême de la rébellion.

Un beau soir, en deux heures, loin du Liban, de la Bosnie et du Guatemala, mon grand-père rendit l'âme à ce Dieu qu'il n'avait jamais cessé d'aimer et de vouloir servir. Il est bien inutile d'écrire quoi que ce soit, il est même vain de vivre puisque la fin est toujours la même : une pelletée de terre, et tout est dit.

Les obsèques se déroulèrent à l'église Saint-Sulpice, et elles furent magnifiques. Il y avait un cardinal, trois évêques, cinq ministres, une floppée d'académiciens racolés par le Membre, quelques-uns en habit, bicorne en tête, l'épée au côté, et tout ce que Paris pouvait compter de révolutionnaires professionnels et de trotskistes militants. Entre les ministres et les militants d'extrême gauche, parsemés un peu partout, amis des uns ou des

191

autres, la crème des mauvais garçons et des amis de Rafik. On lut un extrait de l'Ecclésiaste : *Il y a un temps pour tout, un temps pour toute chose sous les cieux : un temps pour naître, et un temps pour mourir ; un temps pour tuer, et un temps pour guérir ; un temps pour abattre, et un temps pour bâtir ; un temps pour pleurer, et un temps pour rire ; un temps pour lancer des pierres, et un temps pour les ramasser ; un temps pour aimer, et un temps pour haïr ; un temps pour la guerre, et un temps pour la paix*, et un passage du Sermon des Béatitudes dans l'Évangile de saint Matthieu :

> *Heureux les pauvres en esprit, car le royaume des cieux est à eux !*
> *Heureux les affligés, car ils seront consolés !*
> *Heureux ceux qui ont faim et soif de justice, car ils seront rassasiés !*
> *Heureux ceux qui ont le cœur pur, car ils verront Dieu !*

On chanta des cantiques et le *Salve Regina*. Au cimetière, entre nous, un petit groupe d'amis d'Éric entonna en sourdine, et je me joignis à eux et je crois que mon grand-père aurait été heureux de ce rappel du passé, quelques strophes de *La Jeune Garde* et de *L'Internationale*.

À la table du *Filioque*, ce soir-là, l'irascible vieillard était absent et encore présent parmi nous. Sa place était restée vide et nous parlâmes de lui. Adeline versa quelques larmes. Le Membre aussi. Moi aussi. Le Groupe, sans lui, n'était que l'ombre du Groupe. À l'unanimité sans vote, nous décidâmes de le dissoudre. Et de faire, en vérité, comme s'il n'avait jamais existé. Oublié. Évanoui. Tombé dans le néant. Les hold-up, ce n'était plus nous. Les voitures incendiées, nous n'y étions pour rien. Les O.R. et les O.P., les Vengeurs Associés, les Justiciers Anonymes étaient pures inventions. Les queues de cortège, qu'est-ce que c'est que ça ? Et tout ce qui s'était passé au loin, en Afrique, au Proche-Orient, en Amérique latine, dans les Balkans en feu, au fin fond de l'Asie, s'était passé sans nous.

Nous avions de l'argent. Un peu d'argent. Beaucoup d'argent. Nous le distribuâmes, en reconnaissance de leurs services et pour prix de leur silence, à tous ceux qui, de près ou de loin, avaient appartenu à ces Vengeurs Associés qui n'avaient jamais existé. Aucun ne parla jamais. C'est pour cette raison que vous n'avez jamais, ou presque jamais, rien su, avant ces quelques pages qui vous en révèlent l'existence – et la nient du même souffle –, des Justiciers Anonymes ni des Vengeurs Associés.

Tout le monde rentra dans l'absence, dans le silence, dans l'oubli. Tout le monde rentra dans le rang. Les uns, se souvenant, ou ne se souvenant pas, de *Candide*, allèrent cultiver leur jardin. Les autres poursuivirent dans des cadres différents et sous des formes variées des actions similaires à celles que nous avions entreprises. Et chaque jour, dans les journaux, vous découvrez les traces lointaines des ambitions du Groupe. D'autres encore changèrent du tout au tout, entrèrent dans les ordres, firent des affaires, s'abandonnèrent à la passion, partirent au loin ou se suicidèrent. Il y a toujours de la ressource et le néant en est une. L'un d'entre nous est évêque. Un autre est pompiste à Bergame. Un troisième dirige d'une poigne de fer la police de Kuala Lumpur. Ils étaient tous des nôtres. La vie a coulé sur nous comme la Seine sous le pont Mirabeau. L'histoire se poursuit comme si les Justiciers Anonymes n'étaient que le fruit de l'imagination.

Le Membre a connu un triomphe avec une série romanesque et policière sur les quatre premiers conciles. Après le premier volume, *Rififi à Nicée*, et le deuxième, *Bagarre à Constantinople*, le troisième volet de la série, *Barouf à Éphèse*, dont le héros est un moine chargé d'enquêter sur quatre meurtres d'évêques, assassinés par des monophysites, a été vendu à plus d'un million d'exemplaires et a été traduit en vingt-deux langues, dont le pachtou et le swahili. Il se console peu à peu du sort cruel et injuste de *Biquette et son trou*. Il éprouve moins de haine pour le genre humain et pour la société. Il se rend quai Conti, aux séances de l'Académie des inscriptions et belles-lettres, dans une Bentley gris clair.

C'est Éric qui a le plus changé. Vous ne le reconnaîtriez pas. Ou plutôt, aujourd'hui, vous qui le connaissez tous pour l'avoir vu et revu à la télévision, vous ne pouvez même pas l'imaginer tel qu'il était au temps du Luxembourg, du *Filioque* et des Justiciers Anonymes. Alors, il était jeune, grand, mince, blond, dégingandé, ironique et railleur. Et il aimait Leila. Il voulait changer le monde et la vie. C'est lui qui a changé. Comme c'est commode. Et comme c'est triste. Il porte des lunettes et un trois-pièces bleu rayé. Il fume des cigares. Il roule en Safrane ou en 604. Il dirige un journal. Un journal de gauche, c'est une affaire entendue. Mais qui n'en finit pas, en souvenir peut-être de l'irascible vieillard, de glisser vers la droite.

Ses liens, au téléphone, avec les directeurs de cabinet et les conseillers des présidents l'ont mené, comme par la main, à la tête du *Réveil*. Son tirage situe *Le Réveil* au quatrième rang des quotidiens nationaux. Éric a sauté à pieds joints de la révolte à l'institution. Tous les mercredis soir, sur une chaîne de télévision, à l'heure du *Filioque*, il présente l'histoire et ses misères à des millions d'estomacs bien remplis et il commente le monde au lieu de le transformer. Quand on l'interroge sur sa vie, il reconnaît volontiers, avec un peu de mélancolie, avec un peu d'effroi, qu'il s'est beaucoup éloigné de ses ambitions de jeunesse.

– Ce qui m'épouvante, m'a-t-il dit à moi-même, c'est la distance entre ce que j'ai fait de ma vie et ce que j'en espérais quand je me promenais avec Leila et toi sous les arbres du Luxembourg.

Il se rattape aussitôt avec des jongleries et il assure, en bouffonnant, que la célébration est en France le stade suprême de la rébellion et que toute révolte débouche sur les institutions.

Il n'y a pas encore de plaque sur la façade du 1 *bis*. Mais tout souvenir de ce Groupe qui assure et prétend n'avoir jamais existé ne s'est pas évanoui.

L'irascible vieillard me charge d'une mission – Je me débats comme je peux – Histoire de Bergamin, philosophe espagnol – Je cède – Rêves de grandeur de l'irascible vieillard – Le Goncourt dans la poche – Dernière volonté de mon grand-père – Adeline et Leila sont dans le même landau.

C'est dans mes bras que mon grand-père a rendu son dernier soupir. Nous étions sortis nous asseoir comme jadis, au beau temps où nous étions pauvres et ignorés de tous, sur les bancs du Luxembourg. Il s'était senti mal. Nous étions rentrés. Deux heures plus tard, il était mort.

Je l'avais porté sur son lit.

– Junior, me dit-il, quand je ne serai plus là...

– Mais, grand-père... ! m'écriai-je.

– Pas de comédie, me dit-il. Quand je ne serai plus là, tu écriras l'histoire du Groupe. Tu raconteras Éric et Leila, leur arrivée rue de Fleurus, la table du *Filioque* et les récits du Membre sur les conciles de Nicée, de Constantinople, d'Éphèse et de Chalcédoine. Tu raconteras La Toison d'or, et Luguet, et la visite de la bonne sœur, et les œuvres de la baronne, et nos expéditions en Afrique, en Asie, en Amérique latine, et la mort de Rafik à la passe de Khyber. Et tu t'arrangeras pour que tout ça prenne l'allure d'une fable pour enfants et que personne ne puisse croire aux Vengeurs Associés qui auront cessé d'exister. Ce ne sera pas difficile. La littérature est faite pour ça : elle n'a jamais cessé de transformer des rêves en réalité, elle pourra bien, pour une fois, transformer un peu de notre vie réelle en fiction et en rêves.

– Grand-père, le suppliai-je, vous pouvez tout me demander. Tout, mais pas ça. Je ne serai jamais capable de raconter notre histoire. Vous m'avez déjà jeté aux chiffres. Ne me jetez pas aux lettres. Je n'ai jamais écrit une ligne, j'étais médiocre au lycée, je n'ai pas la moindre idée de ce qu'il faut faire pour rédiger un livre. L'exemple du Membre ne m'emballe pas. Les livres m'ennuient plutôt. J'ai toujours préféré, vous le savez bien, l'amusement au travail et le spectacle du monde à la littérature. Écrire l'histoire du Groupe est au-dessus de mes forces. Et si, par miracle, je finissais pas réussir à rédiger quelque chose, tout le monde se moquerait de moi.

– Tu l'écriras, me dit d'une voix basse l'implacable vieillard. Tu emmerderas tout le monde et tu écriras l'histoire du Groupe. Ce sera un succès énorme. La vérité et la justice en sortiront renforcées et je saurai, d'où je serai, que je n'ai pas vécu pour rien.

– Mais, grand-père, m'écriai-je, de toute façon vous n'avez pas vécu pour rien. Vous m'avez tout donné et je vous aime plus que tout.

197

– C'est très bien, me dit-il. Moi aussi, Junior, je t'ai beaucoup aimé. Et nous savons bien, toi et moi, qu'il n'y a pas grand-chose d'autre et que c'est l'essentiel. Mais nous vivons dans un âge, et je ne m'en réjouis pas, où il est impossible de refuser le monde et de ne pas prendre parti. J'ai encore le temps, avant de mourir...

– Oh ! grand-père ! murmurai-je.

Et je me mis à renifler.

– Tais-toi donc, imbécile ! me dit-il, j'ai encore le temps de te raconter une histoire. À l'époque de la guerre civile, un philosophe espagnol du nom de Bergamin fit venir ses deux neveux et il leur demanda quel parti ils comptaient prendre. Les neveux répondirent, l'un et l'autre, que les horreurs leur semblaient se valoir dans les deux camps et qu'ils n'avaient pas l'intention de choisir. « *Hoy, no se puede* », répondit Bergamin. Aujourd'hui, c'est impossible. Les deux neveux finirent par tirer au sort, à pile ou face, le camp qu'ils rejoindraient. L'un tomba sur Franco, l'autre sur la République. Ils furent tués tous les deux. Le Groupe a cru, comme Bergamin, qu'il fallait prendre parti – mais au-delà des partis. Je serais bien resté chez moi à attendre la mort qui a fini par me rattraper. Mais *hoy, no se puede*. Je ne suis pas sûr que le Groupe ait toujours fait le bon choix. Au moins n'est-il pas resté immobile et absent : il a fait ce qu'il a pu pour la justice et pour la vérité. Et tu raconteras son histoire.

Il respirait difficilement. Il parlait à voix basse. Je rassemblai tout mon courage :

– Vous savez bien comme je suis. Je ne crois pas à grand-chose. Et peut-être à peine au Groupe. Ce qui m'a toujours frappé dans le Groupe comme dans le monde, c'est son côté comique et...

– Eh bien, murmura-t-il, tu raconteras notre histoire en te moquant de nous. Je n'y vois aucun inconvénient. Mais tu raconteras notre histoire.

L'effort l'avait épuisé. J'eus pitié de lui.

– Je vous le promets, lui dis-je. Je raconterai notre histoire.

Il me regarda. Il ne dit rien. Il me serra la main. J'étais au bord des larmes.

– Je vais appeler le médecin, lui dis-je.

– Inutile, me dit-il. Les carottes sont cuites. Appelle l'abbé Bonnevie. Tu le trouveras à Saint-Sulpice.

Je téléphonai au médecin et à l'abbé. Je revins auprès de lui.

– Casimir, me dit-il, je t'ai aimé plus que tout. Je me suis souvent demandé ce que tu deviendrais après moi : tu n'avais pas ce qu'il faut pour réussir dans ce monde. Et je m'en inquiétais. Voilà que je m'en vais très tranquille, dans la confiance et la paix. Tu vas écrire l'histoire du Groupe et ce sera un triomphe. Je ne sais pas très bien comment ça se passe dans la littérature, mais j'imagine que ce n'est pas beaucoup plus difficile que l'organisation d'un hold-up ou le métier de chef de bande auxquels je ne connaissais rien non plus avant d'y faire bonne figure.

« Ton chemin est tout tracé. Écoute-moi, Junior. Tu racontes ce que nous avons fait et ce que tu as vu. Tu n'as qu'à te souvenir. Ce n'est pas sorcier. Tu écris cent cinquante pages, pas beaucoup plus, crois-moi : au-delà de deux cents pages, sauf dictionnaires ou génie, tous les livres sont barbants.

– Et une fois que je les ai écrites, grand-père, qu'est-ce que je fais de mes deux cents pages ?

– Tu les envoies à un connard. À un confrère du

Membre. À un de ces penseurs qui font les mariolles dans la littérature. N'importe lequel fera l'affaire.

– Avec une lettre ?

– Sans un mot. En parcourant le récit des aventures du Groupe, le penseur s'imagine que tu as tout inventé. Il bat des mains. Il est heureux. Il passe tes pages à un éditeur.

– À un éditeur ! m'écriai-je au comble de l'angoisse.

– À un éditeur, souffla mon grand-père. Gallimard, ce serait bien : elles le changeraient de son ordinaire. Proprement enchanté, l'éditeur les publie. Stupeur de la critique. Émerveillement du public. Le Groupe par-ci, le Groupe par-là. La rumeur enfle. Casimir ! Casimir ! On parle de toi au zinc, à la buvette, dans les dîners du gratin, au conseil municipal, à l'Assemblée nationale, au prétoire, dans les prisons, chez le coiffeur et sur l'oreiller. Le livre fait un tabac. Tu rafles le Renaudot, l'Interallié, le Femina, le Goncourt. L'Académie te fait signe, les Nobel tournent autour de toi. Ah ! Junior !... J'étouffe...

Il crispait la main sur la poitrine. Je me penchais sur lui :

– Ne parlez plus. Ne vous fatiguez pas. Tout ça n'a pas d'importance.

– Pas d'importance ! Qu'est-ce qu'il te faut ! L'Académie, le Goncourt, le Nobel et le Groupe, c'est un peu la même chose... La médecine aussi... Et la banque... et la bourse... Et le barreau... Et le gouvernement... Et tout... Un mode d'emploi du monde... Une certaine idée de la vie à mi-chemin de la morale et de l'imposture... La morale, il n'y a que ça. Et l'imposture est partout... Un rêve plus grand que lui-même... Tu les mets tous dans ta poche et tu te retires chez toi où tu lis Cervantès, Saint-Simon et Proust qui sont peut-être un peu longs, mais qui ont écrit de bons livres que je t'ai toujours recommandés.

Ses forces l'abandonnaient. Il battait la campagne. Jamais l'irascible vieillard ne m'avait parlé de Proust qu'il considérait, j'imagine, comme un poseur et un arriviste ni de Cervantès dont il ignorait tout. Je m'étais agenouillé au pied de son lit, je dévorais mes larmes et je lui tenais les mains.

– Ah ! Junior, une chose encore : promets-moi surtout de ne pas te déshonorer, même pour la gloire du Groupe, en répandant, comme tant d'autres, des bêtises un peu partout et surtout sur les ondes. Tu sais comment ils sont. Ils vont te demander ce que tu as voulu dire. Tu leur diras que ce que tu voulais dire, tu l'as dit dans ton livre. Et tu te tairas. Tout le reste est silence. Je ne voudrais pas que le Groupe se mît à traîner n'importe où. Il sera dans ton livre. Et il devra y rester. Quand on a mené la vie que nous avons connue, toi et moi, on ne va pas la galvauder et l'exposer à tout vent. Nous sommes ce que nous avons fait. Et nous n'en parlons pas.

– Je vous le promets, lui dis-je. J'écrirai l'histoire du Groupe. Et je n'en parlerai pas.

– Tout est bien, me dit-il.

Les larmes me jaillissaient des yeux. Le médecin arrivait. Puis l'abbé. L'irascible vieillard s'échappait de mes bras pour rejoindre son père, et sa mère, et son fils, qui était aussi mon père, dans les vallées lointaines d'où personne ne revient.

J'ai obéi à mon grand-père. J'ai écrit l'histoire du Groupe. Et je n'en ai pas parlé. Je n'ai fait qu'une seule chose, pardonnez-moi, grand-père, mais je sais que, de là-bas, votre bon sourire m'approuve, pour séduire le public installé sur les plages, le visage enduit de crème, sous les grands parasols : j'ai épousé Leila. Pour le meilleur et pour le pire, je suis devenu un homme. Nous avons deux enfants. C'est Adeline qui s'occupe d'eux.

L'irascible vieillard me charge d'une mission – Je me débats comme je peux – Histoire de Bergamin, philosophe espagnol – Je cède – Rêves de grandeur de l'irascible vieillard – Le Goncourt dans la poche – Dernière volonté de mon grand-père – Adeline et Leila sont dans le même landau.

Aux Éditions Julliard

L'AMOUR EST UN PLAISIR.

LES ILLUSIONS DE LA MER.

Aux Éditions J.-C. Lattès

MON DERNIER RÊVE SERA POUR VOUS. *Une biographie sentimentale de Chateaubriand.*

JEAN QUI GROGNE ET JEAN QUI RIT.

LE VENT DU SOIR.

TOUS LES HOMMES EN SONT FOUS.

LE BONHEUR À SAN MINIATO.

Aux Éditions Grasset

TANT QUE VOUS PENSEREZ À MOI. *Entretiens avec Emmanuel Berl.*

Aux Éditions Nil

UNE AUTRE HISTOIRE DE LA LITTÉRATURE FRANÇAISE, tomes I et II (« Folio », n°⁵ 4252 et 4253).

Aux Éditions Robert Laffont

VOYEZ COMME ON DANSE (« Folio », n° 3817).

UNE FÊTE EN LARMES.

ET TOI MON CŒUR POURQUOI BATS-TU (« Folio », n° 4254).

LA CRÉATION DU MONDE.

QU'AI-JE DONC FAIT ?

DISCOURS DE RÉCEPTION À L'ACADÉMIE FRANÇAISE DE SIMONE VEIL ET RÉPONSE DE JEAN D'ORMESSON.

C'EST UNE CHOSE ÉTRANGE À LA FIN QUE LE MONDE.

UN JOUR JE M'EN IRAI SANS EN AVOIR TOUT DIT.

DIEU, LES AFFAIRES ET NOUS : CHRONIQUE D'UN DEMI-SIÈCLE.

Achevé d'imprimer par Dupli-Print
à Domont (95) en décembre 2017.
Dépôt légal : décembre 2017.
Premier dépôt légal : janvier 1997.
Numéro d'imprimeur : 2017122893.

ISBN 978-2-07-074848-8/Imprimé en France

334031